神奇太空狗

Sputnik's Guide to Life on Earth

[英] 弗兰克·博伊斯 (Frank Boyce) 著

[英] 史蒂文·伦顿 (Steven Lenton) 绘

高雪莲 译

天津出版传媒集团

天津人民出版社

果麦文化 出品

献给凯齐娅和萨缪尔，
你们是克里斯蒂安娜·艾可·埃达最爱的孩子。

目录

引 子

做任何事情之前，先列个清单。这是我爷爷说的。做蛋糕前，先列个清单；搬家前，先列个清单；去海上逃亡之前，先列个清单。

至少，过去他常常这样说。而现在，谁知道他会说些什么呢？有时候他会望着镜子说："这个俊俏的男孩是谁啊，嗯？"有时则喊道："镜子里的老头儿是谁？他在我的卧室里干吗？"

有时他会走进厨房对我说："查票，谢谢！"

"爷爷，你已经不在船上了，这儿是厨房，不用查我的票。"然而，这样回答并没有用，反而会让他更起劲。

所以，如果他跟我要船票，我便翻翻口袋，找出一张纸递给他，看他会怎么反应。

通常他会说："看起来没什么问题。请坐，祝您旅途愉快。"接着他会向你行个礼，你也向他还个礼就可以了。

有时他会说："这是二等舱的票，你不能待在这儿。"这时我就必须离开厨房，去客厅待着，过一小会儿再回去。

今天又到了查票的日子，于是我把手中的红色记事本递给他，并装作那是护照一样翻了开来。我说："这个没问题吧。"

他使劲儿地盯着清单。

然后又使劲儿地盯着我。

"我一看就知道，"他说，"这个……"他把本子塞回到我手里。"只是个购物清单而已。就那么回事吧。"

"答案是，"我说，"你说错了。这些是这个夏天发生的所有最炫酷的事情。"

"什么事情？"

"看看你就明白了。也许我不该全都写下来，说不定会自找麻烦。我们打破了很多原则，包括某些物理原则。可我还是一五一十地写下来了，因为我不想忘记任何一丁点儿。"

香辣鸡翅

鬼使神差地，我打开了门。

那根本不是我家的门。

当时我还住在"儿童之家"，但这个夏天，他们会安排我借住在一个家庭。那家人姓布莱思，他们住在洛克布雷克斯附近，一个叫作斯特拉莫迪的农场里。

"儿童之家"的罗兰夫人送我到那儿时，这样向他们介绍："这是普雷兹，他很乖，只是不太爱说话。他很能干，不过最好别让他接触厨房刀具。"

"你说他不太爱说话……"

"已经好几个月没说一句话了。"

"正合我意啊，"那位爸爸说道，"刚好能和我们家杰茜互补。杰茜一个人讲的话等于三百只鸭子那么多。"

顺便说一下，不爱说话有一个好处——你无须琢磨怎么称呼这两位家长。不能叫他们爸爸妈妈，因为他们并不是你的爸爸妈妈；而称呼他们某某先生夫人什么的也很奇怪；直呼名字就更奇怪了。

"就算你真的想说话，普雷兹，你可能也插不上嘴。这儿可是布莱思家哦。"

他没有开玩笑。大多数时候他们讲话都超级大声，且废话连篇，你都搞不清楚是谁在说话，也弄不明白说的是什么。尽管大部分时候都是杰茜在说。

"所有人到厨房来！"

"等一下！"

"不行！不能再等了，我们已经等很久了。"

"我讨厌烤土豆。"

"和普雷兹打个招呼。"

"谁是普雷兹？噢，你好。"

"这儿不是餐馆。"

"我讨厌坐在这儿。"

"吃饭不准玩手机！"

接着他们一起低下头，轻声念诵一段祈祷词。但一说完"阿门"，他们又重新开始嘶喊起来。

"雷，不要够水，让别人递一下！"

"普雷兹，那个大男孩儿叫雷，这个小女孩叫安娜贝尔，这是杰茜……"

"这个夏天他会住在我们家。平时他和爷爷生活在一起，但是……"

"你为什么和爷爷一起住？怎么不和妈妈一起住呢？"

"普雷兹不太爱说话。"

"他为什么不爱说话？"

"有些人就是和爷爷生活在一起，就那么回事儿。不是所有人都和妈妈在一起。"

"他不可以靠近刀。"

"你为什么不可以靠近刀？你捅过人吗？"

"杰茜，问别人捅没捅过人是非常不礼貌的。"

人们以为如果你不说话，那你就没有在听。可事实并非如此。比如，那天晚上史波尼克来时，只有我一个人听到了门铃声。

那天是星期三。下午茶吃的是香辣鸡翅、沙拉和烤土豆。吃完东西后，大家一起在厨房里打扫卫生。

这时门铃响了。

这一家子都没听见，因为他们全在嘶喊。

"你们干吗都大喊大叫的？"

"收音机声音太大了，不喊就听不见说话声。"

"不是那样的。你们无论怎么喊都盖不过收音机的声音，它实在太大声了。如果你们不吵，收音机就不用那么大声了。"

门铃又响了。

我从来没开过门，因为一开门就意味着你得和别人说话，有时候甚至是陌生人。

门铃又响了。

这时我想，万一是我爷爷呢?

以前我和爷爷住在一起，可他遇到点儿小麻烦，然后被人带走了，于是我被送进了"儿童之家"。他们说，爷爷如果把事情搞定，就可以回来，这样我就可以离开"儿童之家"，重新和他在一起了。

也许门外的就是爷爷——他已经搞定了一切，现在就是来带我回特拉奎尔花园的家里去的。

也许我就要回家了。

于是我打开了门。

但那不是爷爷，而是史波尼克。

我必须得描述一下他的样子，因为他长得实在非同寻常:

身高年龄——和我差不多。

衣着——不一般。比如说:有点儿大的套头毛衣，苏格兰短裙，那种类似战争电影里的飞行员戴的皮头盔，再加上一副厚重的护目镜。

武器——腰带上别着一把巨大的剪刀，就像一把宝剑。他还有其他武器，可我当时不知道，否则是绝对不会让他进门的。

行李——一只巨大的黄色双肩包。后来我才知道，他几乎永远都背着那个包。

名字——史波尼克，不过一开始他可不是那么说的。

教养——不太好。爷爷常说有教养是很重要的。"在你不知道怎么办的时候，教养会告诉你该怎么做。"他说。史波尼克向我伸出了手，于是我握住它，并上下摇了摇。这就是教养的体现。

可史波尼克并没有回应。他直接用两只手一起攥紧我的手，然后把我的手当作绳子，将自己拉进门来。

"梅洛斯？"他说。

梅洛斯是我的姓。于是我以为他肯定是"儿童之家"派来接我回去的。可能爷爷已经把事情搞定了，也可能这家人打了我的小报告。

"我也……"他一边把护目镜推到头顶一边说，"姓梅洛斯。"他捶了捶胸口，听起来就像在敲鼓。

噢，我俩是同姓。

"咱们是本家！"他张开双臂抱住了我。关于拥抱我并没有太多经验，可如果它凶狠到让你担心自己的肺会从鼻孔里爆出来，那一定是个如假包换的熊抱。

我不知道该怎么办。尽管布莱思一家很吵，但我相当确定，如果我让一个戴着护目镜、穿着苏格兰短裙的陌生人走进客厅，他们一定会发现的。虽然他们性格随和，但是让一个陌生人随便进门一定违背原则。

"陌生人！"他说，好像他听见了我心中所想似的，"陌生人！谁是陌生人？我们是同姓。我们，是，一家人！"

他戴好护目镜，绕过我，径直走了进去。

"妈妈"背对着门站在客厅里，正准备打开电视。梅洛斯双手朝她屁股上一拍，大叫道："我，快，饿死了！快带我去你的食品柜！""妈妈"急忙转身，手里的遥控器瞬间掉落，她瞪大眼看了看他，然后又瞪大眼看了看我。我以为她马上就会尖叫，可她并没有。

她的脸上浮现出一个夸张的笑容，我从来没见她那么笑过。她说："噢，天哪，你真是太可爱了，对不对！"

"是的，"梅洛斯说，"我是很可爱。可爱的人就在这儿，卖萌开始！"接着他用披头士《太阳出来了》的曲调唱起了"梅洛斯来了"。

"妈妈"看着我说："他是迷路了吗？"不等我回答，她便继续说道："大家快来看啊！"全家人像雪崩似的涌进了客厅。

"真是不可思议！"杰茜大叫道，"是爸爸带他过来的吗？"

"不是，是普雷兹。"

"普雷兹？真的？"

"做得好，普雷兹。"

也许我做了正确的事。

梅洛斯大步走向前，握了握杰茜的手。

杰茜大喊起来："哇噻！你们看到没有？他和我握手了！"仿佛握手是一件极其稀有罕见的事儿，就像人能水上漂，或者长了一头由蛇组成的头发。

安娜贝尔踩着小碎步走到杰茜身边说："我也要，我也要。"他俩握过手后，全家人都鼓起掌来。

有没有搞错？！罗兰夫人带我来到斯特拉莫迪时，他们都对我特别好。这里的食物比"儿童之家"的好，雷让我住在上铺，他们还给了我一双自己的长筒雨靴，用来下地的时候穿，可是没人鼓掌啊。和我握手的时候，可没人争抢啊！也没有人像杰茜对待梅洛斯那样对待过我。她叫他"漂亮的小男孩"，还和他互相蹭了蹭鼻子！

"妈妈"问他饿不饿。

"问得好！"梅洛斯吼道，"所以我才会说：'快带我去你的食品柜！'快点儿，别让我活活饿死在你们眼前！"

他"噗"的一声瘫倒在地，仿佛马上就要死了。"妈妈"连忙跑进厨房，拿来了剩余的香辣鸡翅。当你准备吃东西时，有教养的做法是拿出盘子和刀叉，然后坐下来。除非是吃薯条。你可以在公园里吃薯条。可"妈妈"并没有给梅洛斯刀叉或者盘子，也没有让他坐到餐桌那儿去。天哪。她举起一个香辣鸡翅扔到了空中。梅洛斯抬起头看着它。然后这个鸡翅准确地掉进了他的嘴巴里。他嘎嘎大嚼起来，吮吸着它，然后把骨头用手一拉，吐了出来。

真没教养。

我想如果换成是我，人们肯定会抱怨的。可梅洛斯这样做的时候，他们并没有抱怨。他们再次鼓起了掌。

"妈妈"说他真是个聪明的孩子！

"毫无疑问，"梅洛斯说，"我就是个聪明的孩子，我就是个见鬼的天才，如果你们知道真相的话。"

"爸爸"进来时，看见梅洛斯正四仰八叉地躺在沙发上。杰茜说道："他能留下吗？他能留下吗？求你了，他能留下吗？"

"可以吧，""爸爸"长叹一声，说道，"不过只能待一晚。"

"快和他握手！"

"爸爸"和梅洛斯握了握手，然后问他叫什么名字，像这样问的："你叫什么名字？你叫什么名字？你叫什么名字？"

梅洛斯恳求我快阻止他。"在我的手被摇断之前，麻烦你快把我的名字告诉这个哥们儿！"

我不假思索，脱口而出："梅洛斯。"

所有人都看着我。

"是的！我叫梅洛斯。"梅洛斯说。接着他指着我说道："听力技能加两分。"

没人看梅洛斯。他们的目光全都还在我身上。

"梅洛斯？""妈妈"说，"和你一样吗，普雷兹？可爱的名字。做得好，普雷兹。"

我知道她的意思，我说话了，所以很好。

史波尼克来之前的每一个夜晚，我都睡在雷的房间里。我躺在上铺，看着天花板，为爷爷感到忧虑。比如，以前爷爷每次出去散步，我都会跟在后面，确保他不会迷路。现在跟着他的人是谁呢？也许他已经不能再出去了？也许他们把他关起来了？

但史波尼克来了之后，除了史波尼克，我再没时间去想别的事情了。比如，那天夜里，我在想……史波尼克按响了门铃。可斯特拉莫迪根本就没有门铃啊。

6月28日——安娜贝尔的生日

我来到斯特拉莫迪时，有一件事让我感觉不错，那就是清单。他们家到处都贴着清单。冰箱门上有购物清单。

厨房布告栏上的清单是关于"轮到谁做什么事"的。

厨房餐桌上贴着关于食物的便利贴。

还有一块"每天早上必做事项"的白板上写着：

　　把洗碗机里的盘子拿出来

　　喂鸡

　　遛矮脚马

　　检查大门

　　打开"注意牲畜"警示牌的开关

白板卡槽里有一支记号笔，你可以在做完一件事时，用它在旁边打一个钩。

爷爷以前在船上做厨师。"七大洲的人都尝过我的手艺，上至国王，下至罪犯，"他喜欢这样说，"我知道一件事，生活就像烹饪。

开始之前先列个清单，那样你就知道能去哪里。"他也总是说："做个有用的人。生活就像厨房，如果你只是傻站着什么也不干，肯定会有人用滚烫的水泼你。"

刚开始那几天，我不知道怎么才能让自己在矮脚马和鸡面前成为一个有用的人。可我知道如何把盘子从洗碗机里拿出来，于是我每天早上都会干这个。还有，检查日程表会让我回想起和爷爷在特拉奎尔花园里的日子，所以每天早上我也会做这件事。正因为这个习惯，我得知史波尼克来这儿的第二天就是安娜贝尔的五岁生日。

安娜贝尔的生日派对清单

小朋友们到场

音乐屁股蹲[1]

传递礼物[2]

抢椅子

礼物

食物

出去玩

蛋糕

----

[1] 儿童游戏，每次乐声停止时最后坐下者被淘汰。
[2] 类似击鼓传花一样的游戏。事先准备一个礼物，用不同的包装纸包上很多层，小朋友们围坐在一起，伴随音乐传递礼物，音乐停止时，拿到礼物的人就要拆开一层包裹，然后继续传递，直到所有的包装纸都被拆完，最后那个人得到礼物。

礼物。我不想成为唯一没有送她礼物的人。离斯特拉莫迪最近的商店在柯库布里，路程大约一英里。我想我可以为她做一张卡片，也许还能从我的双肩包里找到点儿什么，包起来送给她。我只需要一些纸和一把剪刀就行了。

其他人都在厨房里，有的在挂"生日快乐"的条幅，有的在把各种零食摆放到碗里。唯一没有帮忙的人便是梅洛斯。他双手枕在脑后，四仰八叉地躺在沙发上。我注意到了他腰带上的那把剪刀。

"想借用一下吗？"他说。

可以的话就太好了。

"没问题。"他连看都没看我一眼，就"唰"地一下抽出剪刀扔了过来。铮亮的剪刀闪着光，紧贴着我的脑袋飞了过去，深深地刺入了门板。

我屏住了呼吸。

"我从来没失手过，"他笑着说，"除非我是故意的。你准备送她什么礼物？"

还不确定呢。

"吃的。所有人都喜欢吃的。送她吃的吧。"

她已经有一大堆吃的了，都在厨房里摆着呢。那儿有一大碗膨化食品"呼啦圈"，你都可以跳进去游泳了。

"走吧！我们去游泳吧！"

不。我得去给她准备礼物。

他跟我上楼，来到雷的房间。我所有的东西都在双肩包里，从来不拿出来。我把东西都倒在床上，看看有没有什么能当作正经礼物送给小安娜贝尔。

"你知道吗，"梅洛斯看着窗外说道，"这是一个很棒的小星球。你居然想逃跑，真是疯了。"

你怎么知道我想逃跑？

"你东西都收拾好了，连牙刷都装起来了。你可能还穿着一件写有'我想离家出走'的 T 恤吧。"

可是这儿又不是我家。我只是个客人。就算我要逃，也是逃回自己家。我一直都把东西打包好是因为万一出了什么事情，我就得被送回"儿童之家"了。等一下——好像我们在对话似的。可我并没有说话啊。

"我会读心术。你如果不说话，我就只能读心啦。"

你会读心术？

"我会的事情可多了，有些你做梦都想不到。你脑子里感觉不到吗？就像有个人在你的脑袋里用牙刷挠痒痒一样？"

就是这样的感觉。快别弄了。

"哦，可我正在你脑子里享受愉快的时光呢。这个怎么样？我打赌小安娜贝尔一定会喜欢的！"

这是我的内裤。

"对不起。颜色那么鲜艳。我还以为是某种玉米饼呢。你确定这个不能吃吗？"

绝对不能吃。

"那这个呢？"

那是我爷爷给我的菜刀，很锋利的，和他自己的那把一模一样。没人知道我也有一把。快放回去。

"哇噻——看这个！你认识照片上的这些人吗？"

这是我的桌游卡牌，《星球大战顶级王牌》。

"好想见见这个家伙。他看起来很不错——和蔼可亲，容光焕发。"

那是达斯·维德。他是邪恶的化身。你看人可真没什么眼光。

"我打赌，要是我遇见他，肯定能发现他的优点。"

他不是真人。

"既然有照片，怎么可能不是真人呢？"他摆弄着我的比萨斜塔钥匙扣上的钥匙。

这是特拉奎尔公寓的钥匙。爷爷一旦解决了问题，我们就能马上回到那儿了。

"这个呢？"

这是一张用过的火车票，去格拉斯哥的，后来我们迷路了。

"这个呢？"

那是爷爷的口琴。过去他一个人在甲板上守夜时，常常会吹口琴。他发现冰山时，就正吹着这支口琴。

梅洛斯毫无章法地往里吹了几下，口琴发出"呼呼呼""吱吱嘎嘎"的声响。"这就是，"他说，"我所谓的音乐。这个能送给我吗？"

不能。这是我爷爷的。

"好吧。那个又是什么？"

那是我的地图。很重要的。快放下。

"这是哪儿的地图?"

我还是个婴儿的时候,我们一起去过的地方。是他亲手为我画的。快放回去。

这时我突然想起一件事……

话说,昨天你按了门铃。

"是啊。"

可是那儿并没有门铃啊。

"没错。"

……

"我总是随身携带着一个门铃。以防万一。"他在黄色双肩包里翻找着,拿出了一个电子门铃,上面挂着一根很长的电线。

好吧。那么,你双肩包里还有些什么东西?

"我的双肩包?不,不,这里面没有你要的礼物。里面所有的东西对我,或者对我的研究来说,都是生死攸关的。"

他又翻了翻我的东西,拿了一个别的什么出来。

噢,这是我很多年前收到的一个礼物。

"礼物。这就是你要找的东西啦!"

那是一把破旧的塑料激光剑,那次我们去格拉斯哥,爷爷买给我的,就是一按开关,塑料剑刃就会从剑柄中伸出来的那种。

"她会很喜欢的。把它包起来吧。"

那是一把红色激光剑，就像西斯或者达斯·摩尔[1]用的那种。绿色激光剑——尤达[2]用的那种——送给一个五岁的小孩会更适合一点，可我只有红色的。

那天晚上我们上床时，我真希望当初我选择激光剑的颜色时能更谨慎些。

小朋友们到场

我从未这么近距离地接触过儿童生日派对。我过生日时，总是只有爷爷和我两个人。他会做一个蛋糕给我，通常是海盗船形状的。"七大洲的人都尝过我做的蛋糕，上至国王，下至罪犯。许个愿，然后吹灭蜡烛吧。"每次生日他都会那样说。安娜贝尔的生日蛋糕就摆在角落里那张桌子上，是芭蕾小精灵[3]的形状。整个蛋糕铺了太多粉色糖衣，以至于安娜贝尔的小伙伴们冲进房间时，蛋糕摇摇晃晃，令人担忧。

"小朋友们，"安娜贝尔的朋友们到场时，"妈妈"说道，"这是普雷兹·梅洛斯，这是……梅洛斯先生。"

"这一大堆人是从哪儿来的？是他们昨天夜里生出来的吗？"梅洛斯说道。

她们是安娜贝尔的朋友。对她们好一点儿。

于是梅洛斯和离他最近的那个小姑娘握了握手。她幸福得尖

1　《星球大战》中的反派。
2　《星球大战》里德高望重的绝地大师。
3　动画片《芭蕾小精灵》讲述了一只会跳芭蕾舞的小老鼠的故事。

叫起来。接着，下一个小朋友也想和他握手，为了争夺和梅洛斯握手的机会，这群迪士尼小公主几乎扭打起来。

没有一个人有一丁点儿兴趣和我握手。

音乐屁股蹲、木头人、抢椅子

音乐开始播放，迪士尼小公主们蹦蹦跳跳，忙着跟上《随它吧》[1]的节奏。音乐停止了，她们立即一动不动。

"我们在玩木头人，"杰茜说，"想不想来控制音乐，普雷兹？随便什么时候按下暂停键就可以了。"

这是一个成为有用的人的大好机会。

梅洛斯走过来，在我身旁站定。"真是不可思议，"他说，"这些小孩都可以用按钮操控。工作原理是什么？她们是机器人吗？或者是人工智能机器人？还是被催眠了？"

不是的，这只是在玩游戏。看见没？我按停止键，她们就停止。

我按下停止键，她们便停了下来。

我按播放键，她们又会开始。

我按下播放键，她们开始跳动。

"能让她们跳快一点儿吗？"

应该能吧。

我把音乐从《随它吧》换成了《哈库那玛塔塔》[2]，小公主

---

1 动画片《冰雪奇缘》的主题曲。
2 动画片《狮子王》的插曲。

们开始像尿急的沙袋鼠一样上蹿下跳。

梅洛斯咧嘴笑道："完美。"

接着我又换成了慢速的《你想堆个雪人吗》[1]。

杰茜夸我是音乐节目"一二三木头人"史上最棒的主持人。于是我继续担任了抢椅子和传递礼物的音乐控制任务。

礼物

安娜贝尔非常喜欢那把激光剑！她抱着我的腰大喊道："妈妈！我有魔杖了！"

"那个其实是激光剑。"杰茜说。

"是有魔法的。"安娜贝尔坚持道。她不断把剑刃摇出来，然后顶回去，其他人都吃比萨去了，她仍乐此不疲。

"很棒的礼物，普雷兹。"雷说。

安娜贝尔的一个朋友——一个扎着马尾的金发小姑娘，因为接下来发生的事再也不会过来玩了——她指出激光剑并不发光。

"鉴于它是一种致命的武器，不发光可能也挺好的。""爸爸"说。

食物、蛋糕，等等

尽管他们已经给了梅洛斯很多吃的，可他貌似仍然主要对食物感兴趣。他看着那一大碗"呼啦圈"的眼神，就像看着一个熟

1　动画片《冰雪奇缘》的插曲。

睡的婴儿。"妈妈"把那个芭蕾小精灵生日蛋糕端进来时，你会以为蛋糕是一块巨大的磁铁，而他的眼睛正是一对小铁球。我真以为它们会从他脑袋里直接蹦出来。他被蛋糕催眠了。

"妈妈"看见他舔着嘴唇，便说："普雷兹，给你个小任务。你能带梅洛斯出去走走吗？"

带他出去走走？我为什么要带他出去走走？他就不能自己出去走走吗？

"我想他可能饿了，但是在孩子们吃完之前，我不想让他靠近食物。只是以防万一。你知道我什么意思吧？"

我完全不知道她什么意思。

杰茜跑了过来。"我带他出去吧，"她说，"我想带他出去。"

但梅洛斯岿然不动。"真不敢相信，你们居然要当着食物的面把我赶出去。你们知道我超爱吃的。"

"走吧，梅洛斯。"杰茜说。接着她说："他不肯动。"她开始推他。我的意思是,把一个人往门外推——这算是什么教养？我不知道还能做些什么，于是我走出门去，来到了院子里。

梅洛斯跟在我身后。

"普雷斯真有本事。""妈妈"说。

"多亏他了，妈妈。"杰茜说道。

院子的另一侧有一个粉刷过的大谷仓，上面没有窗户，他们用来停放拖拉机和圈养牛犊。一小块用栅栏圈起来的草地上养了许多小鸡。然后有一排马厩，全都装着只有上半截的那种门。其中两个厩内有几匹矮脚马，但它们是邻居家的，所以你并不能骑。但你可以给它们吃胡萝卜。每天早上杰茜都会把它们带到围场去。刚才那几匹矮脚马还站在那儿，把脑袋伸出厩门外，就像要把头伸出去晾干。杰茜一面从我们身边跑过，一面说："梅洛斯，快来这儿，快来这儿。快来这儿看看。"

　　她来到最后一个空置的马厩前，打开门。这儿有人打扫过了，只见墙角处摆着一张巨大的格子软垫，一个铺有毯子的洗衣篮，还有一只球和一碗水。"爸爸"正在里面，手持电钻和一些螺丝钉，修理门上的牌子。

"你觉得怎么样？"梅洛斯往里看时，他问道。

我觉得这是一个有软垫、球和一碗水的马厩。

这是我的想法。

梅洛斯深吸一口气。"木馏油，"他说，"略微刺鼻的刺猬尿、鸡屎味儿，还有除锈油 WD-40。闻起来好香，很接地气，阳刚味儿十足。太适合我了，我超喜欢的。"

"都是你的了，""爸爸"笑着说，"你待在这儿会比待在屋里更开心的。如果你想出去溜达一会儿，也不用等着别人带你去了。这外面就是你的自由天地。"

等一下。他们是说想让你睡在这儿吗？马厩里面？

"当然，""爸爸"说，"这只是临时的。我们会给你找个真正的家。"

"临时的！"安娜贝尔高呼道。她跟在梅洛斯后面出来了，现在正抱着我的腿。"就像普雷兹那样！"她尖叫着，跑了回去。

"他什么意思，什么叫'真正的家'？"梅洛斯问道。

你知道的，就是你来自哪里。你生活的地方。

"我走到哪儿就生活在哪儿，到处都是我生活的地方。我总是搬家，就像你爷爷一样。"

你怎么知道我爷爷经常搬家？

"我知道他曾经是一名水手。"

可他也来自某个地方啊。他也属于某个地方。

"我属于，"梅洛斯说，"宇宙，整个宇宙。无论是这个马厩，

还是过去的参宿四 [1]，对我来说都一样。"

"快看！"杰茜笑着说，"这是我做的。"

她指着"爸爸"刚刚往门柱上钉好的那个牌子。那块木牌上面用红色的字整洁地写着"梅洛斯先生"。

"噢，拜托，"梅洛斯说，"我们现在是朋友了。叫我史波尼克吧。史波尼克是我的名。"

"史波尼克？"真让人惊讶，我居然大声说了出来，"史波尼克！"

杰茜目不转睛地盯着我。

"爸爸"也目不转睛地盯着我。

他俩对视一眼，然后再次盯着我。

终于他俩异口同声说："史波——尼克？"

"完美，"史波尼克说，"这是俄语。英语里的意思是'指南册'。"

"你是说他的名字是史波尼克吗？""爸爸"说，"告诉我们他叫梅洛斯的也是你。"

我又说了一遍"史波尼克"。

"你来我们家之后就只说过两个词，"杰茜说，"就两个词，你还成功地驳回了自己说过的话。"

"如果你说他叫史波尼克的话，普雷兹，""爸爸"说，"那他就叫史波尼克吧。也许派对结束后，杰茜可以重新做个牌子。"

---

1 猎户星座中的一等星。

"史波尼克·梅洛斯。"我说。

"噢!""爸爸"说,"史波尼克·梅洛斯!我明白了。史波尼克·梅洛斯。"他反复念叨着,仿佛在细细品尝一般。"所以他既有名,又有姓?"

他当然既有名,又有姓。每个人都是这样啊。

"史波尼克·梅洛斯。我喜欢。总之,你不用重做新牌子了,杰茜。只要在梅洛斯先生前面加个字母'S'就可以了。'S.梅洛斯先生',明白吗?"

"第一次听说狗还有姓。"杰茜说。

狗?她在说什么?狗?她管谁叫狗?

就在那时,一切疑问都迎刃而解。

人们轻拍史波尼克的脑袋。

人们朝他嘴里扔吃的。

人们对他说,他是个乖孩子。

他握手时人们都惊呆了。

现在杰茜踮着脚尖,拿着一大块巧克力高高举过史波尼克的头顶,说道:"快来,宝贝,作揖,作揖。"

史波尼克扬起一边眉毛。"为什么为了一块巧克力我得作揖?如果我想要巧克力,只管去买就是了。"

史波尼克,这真的很奇怪,可能听起来很不礼貌,但我想这家人好像误认为你是一只狗。

"啊。"史波尼克笑道,"那一切都能解释了。"

不,不。这什么也解释不了啊。他们为什么以为你是狗?

"你想想看。人类和狗的 DNA 有 90% 是相同的。从生物学上说，他们几乎是同一种东西。很明显，人们还会时不时地犯错误。"

真的吗？！90% 的 DNA 相同？太疯狂了！

"人类还和香蕉有 50% 的 DNA 相同呢。"他说。

不会吧！

"另外——"他耸耸肩，"我是史波尼克·梅洛斯。史波尼克·梅洛斯不在乎别人的想法。"

可如果在别人眼里，你看起来都像一只狗，可为什么在我眼里，你却像是个人呢？

"因为你……"史波尼克说，"你是我的任务的核心意义所在。"

你的任务？

"宇宙中每个人都有一个任务。你就是我的任务。"

激光剑

　　史波尼克还没和我说完，"爸爸"就带着我和杰茜来到外面院子里"寻找片刻清净"。我必须得去，因为作为一个客人，别人说什么，你就得做什么。

　　"关于史波尼克，"他说，"有几条规则。你们在听吗？"

　　杰茜说在听。我则点点头。

　　"第一——不能进屋。这是个农场。如果他要待在……"

　　"他可以留下了，是吗？"

　　"……只要没人投诉就行。我会去房车营地打听一下，万一他是别人的宠物。"

　　"他没有戴领结。"

　　"我知道。所以，如果他留下来，那他就是一只农场狗，而不是宠物。那么，狗舍和外面都是他的天地，但家里不是。"

　　"如果天冷了怎么办？"

　　"他可以到厨房里待着，最多这样。第二，这条非常非常重要，这儿是个乳牛场，我不能让他吓着那些牲畜。如果你俩想让他留下，就得教会他如何乖乖地跟牲畜相处，行吗？你们得训练他，监管他。"

"好的，可以。"杰茜说。我也点点头。

"这个责任很重，但是你们责无旁贷。"

出去玩

因为安娜贝尔是小寿星，所以第一个从家里走出来的便是
她。她用胖乎乎的小手握着激光剑，在院子里冲来冲去。她的朋
友们都跟在身后，一边尖叫一边蹦蹦跳跳。阳光下，她们轻薄长
裙上的水钻是如此璀璨耀眼。

"这些小孩，"史波尼克说，"她们太……粉了，而且好闪，
像糖果一样。"

那只是她们的派对礼服。

"她们能吃吗？"

不能！她们不能吃。真的不能吃。

"你确定吗？她们看起来是能吃的。"

她们不能吃。你可别咬她们。

雷带着最后一个孩子走了出来，大喊道："安娜贝尔！看我
在床底下找到了什么！"他将一把绿色的塑料激光剑高举过头顶，
挥舞起来。"有人想来一场激光剑决斗吗？"

"我！"安娜贝尔高呼。她径直向雷冲过去，用她的邪恶激
光剑狠狠劈向他的正义激光剑。

"哎哟！"雷的激光剑应声落地。

扎马尾的那个金发小姑娘拾起了剑。两个小姑娘开始在地里

跑来跑去，上演一场尤达和达斯·摩尔的决斗。得让她们去别处玩儿，矮脚马被她们惊着了。于是所有小孩都被赶进了花园。安娜贝尔爬上了一辆独轮手推车，并在棚屋那儿缴获了她朋友的武器。

接着，她举着自己那把激光剑在史波尼克面前上下晃动了一会儿，然后扔了出去——不是很远，因为她还很小——大喊道："去啊，史波尼克！去捡回来！"

史波尼克看着我："去捡回来？她说真的吗？去捡回来？真的吗？"

她以为你是狗，记得吧？去吧。她还小。

"史波尼克·梅洛斯绝不捡东西。"

今天是她生日。

"好吧，就这一次。"他一路小跑，来到激光剑面前，开始检查起来，"你说这是把激光剑，可它什么也做不了。它坏了。"

我想得换电池了。但她不介意。她喜欢它。

"你有使用手册吗？"

这只是个玩具。继续。捡回来给她吧。

"我才不捡呢，"史波尼克说，"捡东西太低级了。我会修好它。"他摆弄了一会儿，然后把它交给了安娜贝尔。

安娜贝尔的那个朋友——我们刚刚没有见到她——手握绿色激光剑，来到了她身边。安娜贝尔发出一记呐喊，然后开始摇晃她的激光剑。塑料剑刃本应随之弹出的，可并没有。取而代之的，是一道刺目的红色光柱嗡嗡地划破了空气。

所有人都瞪大了眼。

哇噻，你真的把它修好了！

"当然了，我可是史波尼克。"

安娜贝尔的朋友用手里的塑料激光剑朝她重重劈去。安娜贝尔举剑防卫。朋友的激光剑在一大团散发出臭气的黑烟中爆炸了，熔化的塑料从手柄上滴落下来。她的朋友兴奋得尖叫起来。安娜贝尔更加兴奋，开始疯狂尖叫。

噢！等一下，这可能真的很危险。

"是的，很可能！"史波尼克笑着说，仿佛"真的很危险"是生日派对上最棒的东西似的，"她们很长时间都会记得这一幕的。"

安娜贝尔握着达斯·摩尔的激光剑在花园里四处走动，寻找可以摧毁的东西。她先从独轮手推车开始。她挥动光刃，炽热的金色火花如同烟花一般，立即从金属中四射开来。手推车的把手冒着烟掉在了草坪上。她的朋友们纷纷尖叫着乞求再来一次。她们一点儿也不担心手推车之后也许就是她们。她们跟在她身后，跑向一片用来围肥料堆的波纹金属板。一边在儿童攀爬架下面跑，一边在头顶上挥舞货真价实的激光剑，这样的举动很不明智，肯定会把攀爬架切成两截。果然，被切开的木棍"砰"的一声插入了草地。孩子们往后一跳。她们边笑边叫，乐此不疲，好像觉得差点儿被一根缓慢燃烧的棍子刺穿胸膛是世界上最有趣的事。

破坏！她们超爱！

安娜贝尔熔化波纹金属板时，她们纷纷鼓掌。熔化的金属像

冰淇淋一样从波纹板上滴落下来，她们纷纷欢呼。"再来一个！
再来一个！"

安娜贝尔旋转一周，鞠了个躬。她最好的朋友，那个穿着《冰
雪奇缘》戏服的小姑娘，看见光刃向她挥来，及时地猫下腰，避
免了被斩首。但那没能救下她那条漂亮的金色马尾，它微微燃着
火，犹如一只死去的沙鼠，坠落在她脚边。所有人陷入了可怕的
沉默，只是呆呆地看着它。

刚切下来的本该是她的脑袋。

"我说我可以修好的，没错吧？"史波尼克说，他的笑容比
刚才更加灿烂，"头发燃烧的味道真好闻！这个派对棒极了。"

我们得阻止她们。会死人的。

"如果你不希望她用激光剑，那你干吗把这个送给她？！"

那玩意儿本来只会一闪一闪发光而已，又不能把东西切成两半！

"一闪一闪？那有什么好玩的？！这真是个梦幻派对。有人和我说过地球上的派对很不错，可我从没想过居然那么赞。我从没想过居然包含了那么多火焰、那么多破坏。这些小孩玩得正高兴呢。"

他说得对。用一把货真价实的激光剑理发成了新的娱乐项目。安娜贝尔朝她们挥舞着激光剑时，一个小姑娘把她的小辫子举了起来。一个留爆炸头的小姑娘闭着眼睛站在那儿，任凭安娜贝尔在一片由炽热火花组成的礼炮中剃光了她的头发。

你能把激光剑夺下来吗？

"你是叫我再捡一次东西吗？史波尼克绝不捡东西。啊！味道好极了！这才是真正的香水味。你可以装在瓶子里拿去卖。燃烧的头发，炙热的木屑，还有慢慢燃烧的树皮。啊！"

树皮？

院子的一角，通往田地的那座大门旁有一棵高大扭曲的树。它一定是在农舍建成之前就已经存在了，最矮的树枝比屋顶还要高，最高处隐藏在视线之外由叶子组成的云朵里。粗壮的根系扭曲着盘绕在地上。那儿就是烧焦的树皮味儿的来源。

安娜贝尔正在砍那棵树。

"她砍得不对，"史波尼克说，"谁都能看出来如果她从那个角度把树砍倒，树会直接倒在他们家房子上，砸碎屋顶，把里面的人都砸死。人类怎么就不能好好看一下说明书呢？"

我们必须阻止她！

"你去阻止她吧。我不喜欢干涉别人，毕竟我只是个客人。"

我突然向激光剑扑过去，想要夺下来。安娜贝尔持剑朝我挥舞过来，烧伤了我的鼻尖。她已经走火入魔了。

我跑回屋内，推开厨房门。所有的大人都站在那儿聊天。我大喊道："快！孩子们！快！"

他们全呆呆地盯着我。来自房车营地的芭芭拉说："我记得你说他不会说话来着。"

"不是，不是不会说。你当然会说话，对吧，普雷兹？"

"孩子们！"

花园里传来令人震惊的吱嘎声和断裂声。

布莱思先生跑了出去。

其他人紧随其后。

大树摇摇晃晃。它呜咽着，然后"咔嗒"一声。

小孩们还在哈哈大笑。这让场面显得更加惊悚。大人们纷纷抓起孩子，把他们拽进屋内，然后甩上了门。大树倒下了，树枝如同爪子般戳进窗户。空洞的树干"砰"的一声倒在地上，震动了几次方才渐渐平静。鸟儿尖叫起来。孩子们鼓起掌来。最小的那个大喊道："再来一个！再来一个！"

被妈妈抱在怀里的安娜贝尔哭了起来。

"没事了，小乖乖。现在你安全了。多亏了普雷兹。"

可我知道，她之所以哭，并不是因为她差点儿造成了一场未成年人伐木事故，把自己和所有的朋友都害死。她之所以哭，是因为她的激光剑掉了，被埋在了树下面。她之所以哭，是因为她还想破坏更多东西。

她刚刚搞的这次破坏简直不可思议。农场大门变成了一片废墟。鸡舍变成了一堆柴火。母鸡都吓疯了。大树倒下时犹如泰山压顶，其中一根树枝深深地扎进了鹅卵石之间的泥土里。

"史波尼克呢？"杰茜说，"史波尼克去哪儿了？"

没人说话，根本不需要说话。他已经被压死了，或者被刺死了。安娜贝尔哭得更大声了，她的伙伴们也哭了起来。父母们试着让她们安静下来。"没事了，你现在安全了。"

这时，房门"砰"的一声打开了。"现在，"史波尼克一边大叫，一边昂首阔步走了进来，"那才是你们口中的派对。"

"史波尼克！"杰茜哭号着过去抱住了他。

"谢天谢地你们还活着！"史波尼克继续说，仿佛我们差点儿全死了这件事，完全不是他的错！

"你们看见那棵树倒了吗？！"他高呼道，"啊哟！坠毁！我爱死它了。差点儿就把整栋房子砸碎了！这个地方拥有最棒的重力。"

我上床时，安娜贝尔给了我一个拥抱，然后说："谢谢你给了我一个快乐的派对，普雷兹。"

活索结

每个人现在似乎都认为，我终于说了些话，接下来就会开始交谈了。可我能说什么呢？

史波尼克很危险？

他们以为他是狗。如果你说"一只狗很危险"，人们会以为你说的是一只会咬人的狗，而不是一只给儿童派对提供致命武器的狗。

必须得做点儿什么。而且，必须由我来做。就像那次，整艘船上只有爷爷一个人醒着，这时他看见一座冰山正向他们漂过来。全体船员的性命都掌握在他手里。

他救了他们。

我也得救布莱思一家。从史波尼克的手里。

我睡在雷房间里的上铺，看见史波尼克的马厩里发出些许微光。

我蹑手蹑脚地走下楼，来到厨房。四周一片寂静，只有冰箱嗡嗡地叫着。我溜进了院子。如果有人看见我大半夜还在外面，肯定会以为我要逃跑。但窗帘全都合拢着，周围悄无声息。马厩内，矮脚马都已进入了梦乡。我经过鸡圈时，鸡咕咕地叫了起来。但大多数时候还是很安静。真的非常安静。我从来没到过如此安静的地方。

没有车来车往。

没有人说话。

什么也没有。

这时，一个声音打破了宁静。

那是带着痰液的一声咳嗽。

我的心收缩了一下。

我一定是不小心喘了口气或者做了别的什么，因为史波尼克从马厩的半截门上探出了脑袋。"是你吗，普雷兹？快进来。"

后来我才知道那个裹着黏液的声音是奶牛在咳嗽。在那以后，如果夜里听到这样的声音，我几乎都注意不到。这就是交通噪音的乡村版本，可那时我并不知道。

史波尼克真的已经把这个小马厩当成了自己的家。他在墙角用一个漂亮的活索结系了一张吊床。他把篮子翻过来，当作某种床头桌使用。床头桌上放着一个红色记事本、一个手电，还有一支铅笔。"我叫你过来的原因是……"

不是你叫我来的！是我自己来的。

"……原因是，我有非常要紧的事要和你说。我想我得告诉布莱思夫妇，你差点儿害死了安娜贝尔，还有她所有的小伙伴，就在她生日那天。对于这个家庭而言，你是个危险人物。你真的应该回'儿童之家'了。"

我做了什么？差点儿害死她们的人是你！

"激光剑是你给她的。"

我给她的是玩具激光剑，是你把它变成了真的激光剑。

"那是她的生日！谁会忍心让一个孩子在她的生日当天玩一个坏掉的玩具？你真应该多为别人着想。"

不！你才应该多为别人着想。还有，你脑子能不能正常点儿？还有……

"我们在争论，这样不对。梅洛斯家族永远是团结一心的。让我们达成一致吧，以后不要再争论了。"

是你让一个五岁小孩得到了武器，她会把我的头砍掉的。

"事实上，用来斩首的话，激光剑简直就是垃圾。"

如果你给我添麻烦，他们就会把我送回"儿童之家"。然后，如果我回去了，你是不能跟我一起去的，因为他们以为你是狗，那儿不允许养狗。

"难道，"他棕色的大眼睛里仿佛噙有泪水，"你不要我了吗？"

不，我只是说我们不能惹麻烦，我们得乖点。

"好吧，好吧。如果你希望的话，我会乖的。走吧，我们去把那棵树修好。"

把树修好？树怎么修？别跟我说看使用手册，树根本没有使用手册。

"是什么让那棵树倒下来的？"

是你。

"是重力，重力让它倒下，所以……重力也可以把它推回去。"

重力只会让东西掉下来，不会把东西往上拉。重力是一条单行道。

史波尼克打开马厩的门，大步流星地走进院子里。"即使是一条最纯粹的单行道，"他说，"也有迂回曲折的地方。哎哟！月光可真亮堂啊。"他把护目镜往下一拉，将红色记事本装进双肩包，开始向花园进发。

月光投射在树干上，照亮了树皮上的裂缝和纹理。史波尼克爬上树干，我跟在他身后。那棵树看起来比白天时更大，损毁更为严重。我们脚下传来树皮吱吱嘎嘎的声音，同时还混杂着树枝的咔咔啦啦和树叶的窸窸窣窣。一只藏起来的鸟儿呼呼地扇着翅膀，从我们面前飞了起来。月亮就在我们头顶的低空悬浮着。就像在船上一样。史波尼克笔直地站着，舔了舔手指，然后举了起来，仿佛在测试风向一样。"西北偏北，"说着，他跳下树干，"比想象中容易。"

我感觉不到一丁点儿风。

"我说的不是风，我说的是引力流。树倒下时扭曲了引力流。我们只需要把它重新扭曲回去就可以了。如果可以把树重新扶起来……"

我们怎么才能把一棵树扶起来呢？我是人，又不是起重机。

史波尼克吸了口气："很简单。我们得利用一下那个棚屋！"他背靠在棚屋墙壁上，开始用力推。"来吧。我们一起推。"这座木制棚屋下面是一个混凝土平台。我们一推，它便刮擦着混凝土朝前走。棚屋上的木门摇来摇去，窗户嘎吱作响，门闩丁零哐啷。

我们在干什么？

"试着运行这个棚屋。加把劲儿。"

运行棚屋？

"万有引力不是一只困倦的斗牛犬，它可不会自己砰然倒地。（加油，再使点儿劲）它是一波接一波来的（从侧面推）。宇宙中，有两个黑洞发生了碰撞（快到了，加油），产生了巨大的引力波，滚滚流过整个宇宙（一……二……三）。引力波打破了你的小星球上原有的引力，于是到处都有了嗖嗖地做旋涡运动的万有引力。如果你知道怎么利用它的话，会非常称手。"

我以为棚屋肯定会从混凝土平台边缘掉下去摔进草丛。可它并没有。棚屋探出平台的那一端非常缓慢地飘了起来，另一端仍触碰着地面，可也仅仅是接触着而已——就像个气球一样——而不是压在地面上，像棚屋那样。

"再轻轻推一下。"

整个棚屋摇晃起来，然后自己摆正了方向。它已经飘起来了。

"正好有一个引力旋涡就在……这儿，"史波尼克说，"如果我们能把棚屋固定在树上，那就搞定了。"

棚屋开始越飘越远，如同孔明灯一般。它离地几英尺高时，史波尼克跳了起来。不，不是跳，而是飞跃起来。他屈膝一跃，跳进棚屋门内，犹如一枚发射出去的炮弹。他从双肩包内抽出一根亮蓝色的绳子。"抓住绳子！"他把绳子的一头扔下来给我，喊道，"抓住树枝！很好，干得漂亮。现在，坚持住。"我扔出绳子，套在了一根最粗的树枝上。"你会打结吗？"

当然会。学会打一个牢固的结至关重要，这一点爷爷向来非常清楚。我会打双套结、半结、平结、防脱结，还有……

"随便打个结就行！"

于是我打了一个漂亮的单套结，然后按着树枝，和他一起分头把绳子拉紧。接下来我所知道的是，自己上半身搭在棚屋里，下半身则悬挂在门外。史波尼克把我拉了进去。"欢迎登机！"他说，"快爬进来。我们需要重量。"

更重的话，棚屋难道不是应该就飘不起来了吗？

"你真的一点儿都不懂万有引力啊，是不是？一个东西的质量越大，它的万有引力也就越大。棚屋的万有引力越大，就越容易把树拉起来。"

我们倾身朝门外看去。棚屋越飞越高，直到绳子绷紧，猛地把树一拽。

"快跳一跳！这通常能有点用。"

于是我们在棚屋里来来回回蹦跶了一会儿，把棚屋晃得左摇右摆。很快，它朝一侧靠过去，仿佛在做深呼吸，然后突然向上一蹿，我俩一下子一屁股坐在地上，大吃一惊，然后咯咯笑了起来。门外，只见大树就像一个正在苏醒的巨人一样立了起来。在它稳定下来的过程中，树枝像爪子一样四下乱抓着。

"把它拽回来，"史波尼克命令道，"让它转个方向。"

我们用力拽着绳子。大树转了过来，它的手臂四处伸展着，

犹如一个重量级舞者。它挥舞了一阵，接着安静下来。原本倒下的树干已经咔咔地回到了树桩上。

"好了。我就知道这里有最棒的万有引力。也许对于其他人的生命安危来说，你是个危险人物，但你知道怎么修好一棵树。"

我把绳子系在最粗的树枝上，大约在大树一半高的位置。现在大树直立着，棚屋飘浮在上空，绳子则绷得直直的。我们坐在门口，低头向树顶上望去。

"看我在树枝里面找到了什么。"史波尼克说。

是那把红色激光剑。

我再也不想和激光剑搭上任何关系了。我只想坐在这儿，眺望着农场和远山。一些速度很快的小影子在我们身边飞来飞去。

"蝙蝠，"史波尼克说，"正在回到它们树上的家里呢。"

一切归于寂静。不知何时，我们未曾留意但一直能听到的声音戛然而止，好像有人按下了整个世界的静音键。一个羽翼丰满的影子如同幽灵般飞了过去。

"仓鸮，"史波尼克说，"听见了吗？一切都变得安静了。就算你屏住呼吸也听不到任何声音。谁都不想被仓鸮吃掉。噢，听见那个了吗？"

我什么也没听见。

"一只蝙蝠最后一次吱吱叫。仓鸮刚刚把它整个吞下了肚。"

现在，月亮已经爬上了天穹，看起来比之前更小了。可星星……星星的光芒却如此炽热明亮，不计其数的星星就像泼撒在巨型黑板上的砂糖一样。后来我知道，只要到一个足够漆黑的地方，就能每晚看到这样的星空。可那是我第一次真正地看见如此美丽的夜空。摇摇晃晃的棚屋像小船一样，在星辰海洋里抛锚停泊。史波尼克取下护目镜，嗅了嗅："木头燃烧的青烟、玫瑰花香、野蒜、柠檬汽水、啤酒，平和美好的味道。想来支雪茄吗？"

他从口袋里掏出一支热狗那么大的雪茄，用剪刀剪去尾部，然后用激光剑点燃了它。

吸烟有害健康。为什么所有人都以为你是狗？

"我只是非常——你知道的——会适应环境。"

可在我眼中你并不是狗。这又是为什么呢？

"因为你就是我来这儿的原因。"

莱卡

"很久以前，"史波尼克说，"我们遇见了一艘原始的微型飞行器——史波尼克二号——也就是莱卡[1]乘坐的那艘。"

谁？

"莱卡，你一定听说过她，我觉得你们星球上所有的人都应该听说过她，就是那只叫莱卡的狗，第一个进入太空的地球生物。"

没听说过。

"她飞船上的 R-7 火箭推进器耗光了燃料，于是一直在太空中飘荡，氧气就快用完了，这时我们救了她，收留了她。"

等一下。你为什么说地球是"你们星球"？那你是从哪儿来的？太空吗？

"每个人都来自太空。除此之外，别无他处。你觉得这个星球飘浮在什么东西里面呢？一锅汤？听着：后来我们救了莱卡，于是她把这个星球上的一切都告诉了我们。但她说的一切都太美

1　第一个被送入太空的动物。1957 年 11 月 3 日，苏联在发射第二颗人造卫星时，在卫星上安置了一个舱位，将小狗莱卡放进舱内，并且监控了小狗的体征数据。最后科学家发现这只小狗因为氧气耗尽而死亡，仅活了不到一周的时间。莱卡为人类的太空探索做出了巨大贡献。

好了，听起来很不真实。她口中的地球就像一个充满魔法的幻境，所以没人相信。她很伤心，于是我决定为她辩护。我说：'难道就因为一个地方太过魔幻，它就不可能是真的吗？'"

"大家都说：'嗯，是的，说老实话，就是这样。'接着我说：'听好了！我是史波尼克，史波尼克说宇宙中不会有因为太美好就不存在的东西。'然后我宣誓道：'我会一直航行至宇宙的尽头，去寻找这个充满魔法的地球，等我找到了，会让你们知道的。再见。'"

"现在我找到它了。我离开他们，发现了你的星球。多亏了我，你的星球现在是一个真的星球，不再是童话故事了。你是怎么认为的？你感觉它是怎样的？更坚固？更潮湿？更多沙？"

不。它一直很坚固，也很潮湿。

"我离开前，莱卡抄了一份她写的《地球指南册》给我。"

他从双肩包中拿出一个小小的红色课堂记事本。扉页上写着"莱卡的地球生活指南册"。

我快速翻了一遍。

"这是用这种特殊的笔写的,"史波尼克说,"可以在失重环境里书写,不会漏墨。"

我们有这种笔,叫作铅笔。

"是的,真是一项神奇的技术。你觉得这本书怎么样?写得准确吗?"

这是一本由清单组成的书,上面罗列了地球上所有美好的事情。

它说,地球上所有的东西都是可以吃的。

一开始这条就不对。

它说,地球上有一种生物叫作人类……

这个没错。那就是我,我就是人类。

……另外一种生物叫作狗。

莱卡是一只狗。

如果你要去地球,一定要以狗的身份过去。因为狗是占统治地位的物种。

呃,这个我不太确定。

人类会给你食物,扔球给你去捡。你拉了屎,他们还会帮你捡起来,放进垃圾桶里。他们欢迎你到他们家里去。

这些大部分可能都是真的。

"所以,这本书不准确吗?"

也许这是一只狗眼中的地球，可并不全面。

"好吧。"史波尼克说。他把铅笔翻转到另一头，开始把书上的内容都擦掉。"这个技术更加神奇，"他说，"可以让你从错误中走出来。"

那一页上只剩下末尾几句话了。"差点儿把这个忘了，"他说，"它说，'请代我向邓弗里斯，特拉奎尔花园的梅洛斯问好'。说的就是你，对吧？"

是的，可她怎么会知道我的？

"'还有，请帮我照顾他。落款：莱卡。'现在我已经把消息带给你了，可以把这个也擦了。"

我不明白，她怎么可能认识我？

"你们俩都来自同一个星球，不是吗？"

可这个星球很大啊。

"可能在你看来很大。但就宇宙而言，你们来自同一个星球，那就等于同一个地方。或多或少就是隔壁邻居的关系。就宇宙而言，她可能还在你腿上坐过呢。噢，她还托我给你带了礼物。她说它会让你会心一笑的。"

他从双肩包里摸出了一个东西，看起来像是一个破旧的红色橡皮球。球体遍布牙印，接缝处已经松开了。我真不想碰它，因为担心有病菌。

为什么一个破旧的橡皮球会让我会心一笑？

"我也不知道。老实说，我还以为你也是只狗呢。她说你是她的朋友，我想莱卡的朋友应该也是狗吧，所以我才变身成了一只狗。"

所以你平时看起来并不是狗吗？那你平时看起来是什么样子？

"我平时看起来就是我的样子。总之，我答应过她会照顾你的。"

照顾我？我干吗需要别人照顾？我独立自主已经很多年了。我爷爷也是一直由我来照顾的。

"你需要我来照顾你，因为你现在的处境非常危险。我是来救你的。"

什么危险？

"我没说过吗？地球就要被摧毁了。"

《地球指南册》

"现在我证明了地球的确存在，"史波尼克说，"我还得证明它应该存在。每个星球都有其存在的理由。"

星球不就只是个星球吗？

"你看天上的星星。"

我向砂糖般的星空望去，只见星星仿佛更多了。整个天空遍布星辰，微光闪闪。

"太空很拥挤。星云中不断有许多新星诞生，日复一日，年复一年。得有人给它们腾地方，那就是'行星清理者'。他们把没用的老恒星和行星都处理掉，为新天体提供空间。这叫作'星系清理运动'。也就是说，一旦告诉他们我找到了这个充满魔法的地球，他们就会说：'好的，我们马上就过来收缩它。'"

什么？星球是不会收缩的。

关于事物收缩，我唯一的经验是，有一次我把爷爷的套头毛衣扔进洗衣机，不小心设置错了，结果它变成了一件给玩具穿的套头毛衣。

"整个天空到处都是在收缩的无用星球。恒星收缩成为行星的大小——这叫作白矮星，你可以查查看——而行星则收缩成高尔夫球的大小。"

可是这个星球并不是无用的啊！它真的很有用。

"我就是那么说的，但他们说：'地球多年来一直是个虚构的存在。一个虚构之境能有什么用呢？'"

可它并不是虚构的！你已经证明了。

"没错。如果一个星球值得保留，那它一定值得一看。那就是莱卡写指南册的原因。可现在我们已经把它擦得一干二净，书已经空了。也就是说，地球并不值得一看。"

可我们一定能做点什么吧？

"我们可以写一本新的《地球指南册》，只要一个清单就可以。你只需找到十件值得一看的东西，或者值得一做的事情，我来把它们写在记事本上，然后地球就可以继续绕着它的小太阳跳华尔兹了。我相信你一定能写出一本出色的指南册。"

这儿吗？这儿我什么也不知道。我才来了没几天。

"不仅仅指斯特拉莫迪，你这个笨蛋，是指地球。你对地球的了解有多少呢？"

呃，我一辈子都生活在地球上。在我还是婴儿时爷爷就开始照顾我了，所以他在七大洋上航行时也得带着我。还记得那张地图吗？和我的行李在一起的。那就是我去过的所有地方。

史波尼克吹了声口哨："那么多地方。亚马孙、香格里拉……你真是哪儿都去过了。香格里拉是什么样的？"

普雷兹和爷爷的旅行

呃，那时我太小……细节都不记得了。但我觉得可能也不怎么样。爷爷以前总是说："希望我不会死在香格里拉。"

"你瞧，我们已经找到不应列入清单里的东西了，但还没有任何可以列入的。还没开始，就已经减掉一个。这个星球真让人非常失望。莱卡说的一切几乎都是错的。"

我可以列一份清单，我相信自己能做到。我很擅长列清单。

"你确定吗？你在这个世界上还有很多时间，但这个世界的时间并没有你想的那么多了。"

我们还有多少时间？

"看见那一串星星了吗，看起来像风筝的那些？等它们到达天顶的位置，行星清理者就会到来，那时地球就会变成一个口袋星球。"

这是我第一次看见真正的星空。它们移动的速度有多快？到达那儿是十分钟后，还是十年后？

"你还有这个夏天剩余的时间。如果到时候我们还没完成《史波尼克的地球生活指南册》，那就完了。清单第一条是什么呢？"

这个怎么样？我们现在看到的是什么？星星、月亮，还有……

"不行。只有一个原因，星星不是地球上的东西。"

是的。但是你可以依靠它们驾驶轮船环绕地球航行。爷爷教过我。看见那边那个 V 字形的星座了吗？那是……

"一点儿也不神奇。"

什么？

"星星是所有客观存在中最平平无奇的东西。整个宇宙充满了缓缓移动的恒星、行星、彗星和星云。不管你去到哪儿，都无法离开它们。它们比比皆是，不足为奇。而我要找的是绝无仅有的东西。"

所以我得找到十个比星星更令人惊异的东西？

"是的，你觉得自己能行吗？"

不一定。

"加油！你的资格能胜任这份工作。况且，你也是我遇到的唯一可以沟通的人。"

我不说话。

"没错，但你会倾听。这好多了。我总是在说话，可没人在听。

你一个字也不说，所以每个人都能听到你……"

这是真的。有时候我只是咳嗽一声，或者打了个喷嚏，所有人都会转过头来看着我。

"那么？"

我必须试一试。我不想随便让别人把我的星球收缩掉。

"那么，我来照顾你，你照顾这个星球。"

我不需要你来照顾。你管好自己就行了。只有一件事。

"什么？"

我不想离开这个星球。事实上，我连斯特拉莫迪都不想离开，现在还不想。我只是个来自"儿童之家"的小孩。如果惹出麻烦，他们就会把我送回去，那你也就麻烦了。

"好吧，我会乖的。"

他们以为你是狗，记住。

"那我就做一只乖狗。那能有多难呢？如果狗都能表现得乖，那我也可以。怎样才算得上一只乖狗狗呢？"

我也不知道，我没养过狗。我猜应该是不瞎叫，也许还能帮上农场里的忙，会干活儿的狗吧。

"那我要挤牛奶吗？开沙滩车？或者帮忙打电话？"

不，这些事儿狗统统不用干。只要热情友好、聪明可爱就行。比如那种会去商店里取报纸的狗，就是乖狗。

"那我们又回到'捡东西'的话题上了，"史波尼克说，"我说过，我绝不捡东西。"

是你问我的。

就在那时，我恍然发现自己陷入了悖论。他要我去拯救地球，可我无法拯救地球。我连自己的爷爷都救不了，我只是一个来自"儿童之家"的小孩而已。

等一下！等一下！地球就要毁灭了，而你甚至都忘了提！我的星球也许就要被摧毁了，难道我还可以蒙头大睡吗？难道我们不应该现在就出去找找有什么值得留下的东西吗？

"你自己去溜达溜达吧。还有好几个星期的时间呢。先去睡吧。"

面对即将降临的厄运，我怎么能睡得着？

"躺下之前先旋转三圈，这招儿特别管用。如果你转得足够快，就会把烦恼都甩掉。当你的脑袋碰到枕头，它便已经放空了。"

那是狗的做法。

"我们可以从对其他物种的观察中学到很多东西。"

于是我试了试。我转了三圈然后躺下。

旋转三圈可能对史波尼克管用，但对我不管用。

一整夜我都在想究竟如何才能拯救世界。怎么才能出其不意，让这样一个能浮起大树，见证过恒星的消亡，穿越太空四处旅行的人觉得耳目一新呢？我越想越觉得地球上的一切都是那么微不足道，平平无奇。

我试着上网搜索"世界奇迹"，可最好的那些不是已经成了废墟，就是已经消失了。

太阳升起时我不禁想到，也许他只是在故意逗我玩儿吧。没有人能真的收缩一颗星球，对吧？于是我又搜索了"白矮星"，结果表明——是的，恒星和行星时时刻刻都在收缩。

真希望爷爷能到这儿来帮帮我。这世上的一切地方爷爷都去过，一切东西爷爷都见过，一切事情爷爷都知道。过去每个晚上，我们喝完茶后，便坐在沙发上看电视，痛骂电视新闻、《创意秀》、《今日足球》，还有各种广告。他比政治家更懂政治，比足球运动员更懂足球。他甚至还会对着某些冰箱贴大喊大叫，尤其是比萨斜塔那个。"我轻而易举就能把那个塔摆正，"他常说，"这就是地基导致的！"

关于烹饪，他同样了如指掌。教我如何飞速切蔬菜的人便是爷爷，也许那会让史波尼克觉得耳目一新。也许我可以按照爷爷教我的那样，给他做一大份西班牙海鲜烩饭。我敢打赌在史波尼克的星球上，肯定没有西班牙海鲜烩饭。

或者炖鱼。爷爷做的炖鱼超级美味，让人垂涎欲滴——那是他健忘之前做过的事。但是现在不行了，他有时忘了点火，做了一锅生的炖鱼给我们吃；或者他忘记了人们的名字，为了掩盖事实，不管见到谁都叫"伙计"，包括我的班主任；或者忘记了对着自己家的电视咒骂没问题，但不能对着别人家的骂。他甚至在邮局排着队时，对着那台正在播放如何申领退休金的电视机大喊，还对乔治大街上威尔逊电子产品商店的橱窗里摆的样品大喊。

就在那之后，他们便把他带走了。来自"儿童之家"的人说："恐怕你爷爷现在不能再照顾你了。"

我本来想说："他并没有照顾我，我们是互相照顾。"可我没有说。我问他爷爷会不会很快好起来。他说："希望如此。"

我一整夜都在为这些事情犯愁。我无法想象，当你要努力去拯救地球时，如何还能打盹儿。可我想自己最后睡着了，因为后来风吹过破损的窗户时把我弄醒了。

　　我在棚屋内环视一周。

　　史波尼克已经不见了。

1千克面粉，1盒人造黄油，500克蘑菇

我打开棚屋门之前特地确认了一下，我们已经回到地面上了。新鲜的空气中透着寒意，让我尿意激增。

走吧，史波尼克，我们回屋去吧。

但院子里没有他的踪迹。

小路上也没有。

地里也没有。

他不见了。

也许因为我责备他把致命武器带到生日派对，他生我的气了。

大树依旧挺拔地站着，看起来仿佛一直在那儿似的。也许树倒了只是一场梦而已。

飘浮的棚屋肯定是一场梦，就好像引力旋涡并不存在一样。

也许我不用再拯救世界了！

我打开了厨房门。

"他来了！大家伙儿，他来了！快看啊！哟！"

"普雷兹！你吓死我们了，我们还以为你跑掉了。"

"她以为你和史波尼克一起跑了。"

"你去哪儿了？"

"你没在自己的床上睡觉。"

"他睡在棚屋里，我看见他从那儿出来的，他和史波尼克一起睡在了棚屋里。"

"好吧，现在你回来了。感谢上帝。"

"但是拜托你以后别再睡棚屋了。如果这事情传了出去，他们就会马上把你带走……"

"看啊！快，看，那个。"

"什么？"

"史波尼克去哪儿了？"

"大树！大树又立起来了！"

"昨天晚上我才给林业局打的电话，真没想到他们居然那么快就干完了。"

"我不太明白。树已经倒了，现在怎么能又立在那儿呢？"

"真不可思议，我什么声音都没听见，你们呢？"

"史波尼克去哪儿了？"

"可是如果树已经倒了，怎么又立得起来呢？"

"它本来就还没扎根吧，我猜他们是重新种了一次？"

"有人看见史波尼克了吗？"

"树怎么能……"

"他不在棚屋里。"

"谁？"

"史波尼克，他跑掉了。"

"哎呀，现在问题严重了。真糟糕，真是太糟糕了。"

"爸爸"走来走去，他咬着嘴唇，反反复复念叨着，一只陌生的狗在农场里的某处撒野，将是如何的糟糕。

"今天早上我把奶牛带进去准备挤奶，""妈妈"说，"它们并没有特别焦虑不安。鸡也挺好的。"

"但是一只红色的大肥鸡不见了。"雷说。

"我把它杀了，""妈妈"说，"用来做星期天的晚餐。"

"啊。"

"所以他并没有骚扰我们家的任何动物。"

"那就好，"刚说完这句话，"爸爸"又继续补充道，"不，那很糟。如果他没有骚扰咱们家的动物，也许他正在骚扰别人家的。也许他正在打道奇家的羊的主意？也许他去了房车营地，他能把那儿搞得鸡犬不宁。"

我真想告诉他们，根本不用担心史波尼克会做出这样的事情。可我怎么说呢，"大家冷静一点儿。他不是狗，他是个穿着苏格兰短裙，戴着护目镜的小外星人"？

"妈妈"来到电脑前。"我们要做的第一件事，"她说，"就是去脸书上发布消息，让所有人留意他的行踪。同时去农场论坛上也发布一下。现在，你们谁有他的照片？我们可以发布上去。"

他们纷纷开始寻找手机里的照片。有派对照片、蛋糕照片、倒下的树的照片，可谁也没有史波尼克的照片。

"我明明给他拍了照片的。真奇怪。"

"没事，我们可以描述一下他的样子。你们会怎么描述呢？黑白相间，像一只牧羊犬，性格活泼……"

"牧羊犬？他更像拉布拉多啊，一定是的。"

"我觉得他应该是西班牙猎犬，他看起来很像西班牙猎犬。"

"你们说什么啊？西班牙猎犬很小的，史波尼克那么大。应该是猎狗杂交的。"

"是的，他至少有3/4阿尔萨斯犬的血统。"

"你什么意思，黑白相间？他明明是棕色啊。"

"我可看不出来他有什么阿尔萨斯犬的血统。他应该是巡回犬或者史宾格犬一类的，因为他全身的金毛非常可爱。"

"阿尔萨斯犬。"

"拉布拉多。"

"猎狗。"

护目镜，穿着苏格兰短裙，背着黄色的双肩包。

布莱思一家眼中的史波尼克是狗，而且他们每个人看见的竟然都是不一样的狗！

如何才能组织大家搜索一个你根本无法描述的人呢？

他们仍在互相大喊着不同的品种，这时，我听见门铃响了，和那天晚上他来时一模一样。

"是门铃响了吗？"雷问。

"我们家没有门铃。""妈妈"说。

"噢，对。"

他们继续大声争辩着，想努力盖过对方的声音。

我打开门。我知道外面是谁——那是地球上唯一随身携带着门铃的人。

史波尼克径直走过我的身边。他的手里提着一个购物袋。"你想我没有？"

我很担心你。

"我在棚屋外给你留了信息，你没发现吗？"

我没看见什么信息。

"信息不是用来看的，是用来闻的。"

哦。

这时我才明白他说的是什么。狗会在路灯杆和门柱上尿尿，那是他们的沟通方式。其他狗过来嗅一嗅，就知道这是谁的领地。

"没错。莱卡告诉我这个星球上最流行的沟通方式就是小便。"

那是狗。人可不是这样。

"那么说你没得到我的信息咯？"

没有。我又不会尿语。我很担心因为这个星球要毁灭了，你就逃跑了。

"这个星球不会毁灭的。史波尼克和普雷兹所向无敌，我们会拯救它。大概吧，也许吧。快看！你叫我要乖，所以我很乖。史波尼克言出必行，表里如一。我把树修好了，现在又干了这个。他们会很开心的。"

他大摇大摆地走进厨房，跳着华尔兹来到"妈妈"身边，将报纸递给她。

"天哪！你帮我拿报纸了，我还以为只有动画片里的狗才会那么做呢，你真是个聪明伶俐的狗狗。"她挠了挠他的耳朵后面，

"他去的肯定是房车营地里的德米特里商店。"史波尼克向我使了个眼色。

"真聪明,""爸爸"说,"但他这么四处游荡,我还是很不高兴。你们俩要为此事负责。"他狠狠地瞪着我和杰茜。

接着,史波尼克把购物袋砰地扔在他面前。"爸爸"看了看里面。"这是什么?"他说,"天哪。1千克面粉、1盒人造黄油、500克蘑菇……这些都是我写在购物清单上的东西,一样不落。"他看了看冰箱门,购物清单本应贴在那儿的。可它现在不在那儿了,而是贴在了黄油盒子上。"太好了,""爸爸"说,"我可以做鸡肉蘑菇派了。干得漂亮,史波尼克。"

"拜托,"雷说,"不可能是史波尼克干的,肯定是你们俩其中一个干的。你们在耍我们呢,是你们带他去商店买东西的。"

"不是我,"杰茜说,"我以为他失踪了。"

"那普雷兹呢?"雷说。

我根本都不知道房车营地里有商店,也根本不知道去那儿的路怎么走。

"真是个非常、非常聪明的狗狗。""妈妈"说。

"你有银行账户吗?"雷问我。所有人都看着他。"否则他怎么付的钱?"

"那是一个小小的谜,""妈妈"说,"我相信等普雷兹准备好了,一定会为我们解开谜团的。同时,我相信我们都很高兴看见史波尼克正在努力成为一只有用的狗。"

"没问题。"史波尼克笑着说。他再次和每个人都握了握手。

每次一握手，他们便会忘记所有的烦忧和困惑。他们真的超爱和他握手。

可当他来和我握手时，我想的却是……

你是怎么付的钱？

他只是对我眨了眨眼。

牛奶

　　我不想再去琢磨史波尼克是如何买来这些东西的，我只想拯救地球，越早越好。虽然爷爷不能帮我，可我还有他的地图。这是他用蓝色水笔亲手画的，他用可爱的斜体字写下所有地名，然后在右上角画了一个花哨的指南针，又在左下角画了一条不怎么像的海豚，最后在地图顶部画了一个展开的卷轴，上面写着"普雷兹和爷爷的旅行"。他把地图卷起来，系上一根缎带，真的很像一幅漂亮的海盗地图。我打开它时，仿佛闻到了特拉奎尔花园家里的味道。我看着那些地名，那么熟悉，却又莫名遗忘了。香格里拉、比萨、摩尔曼斯克，我用雷的电脑搜索了一下，然后感觉好多了。这些都是不可思议的地方。摩尔曼斯克有许多巨轮，气势恢宏的冰山浮于其间，体形庞大的海象懒洋洋地躺在海面上，它们的牙有我整个人那么长。在亚马孙雨林里，巨蟒盘踞在大树的枝干上。丛林中耸立着白色的穹状建筑，那是一座座失落的城市。

　　我决定列一个清单。

亚马孙。

埃及，大金字塔。

墨西哥，另一座大金字塔。

印度，泰姬陵。

俄罗斯，摩尔曼斯克。

香格里拉。

……

我并未发现雷在我身后偷看，直到他说："亚马孙？你去过亚马孙？"

根据这张地图来看的话，我去过。

"还有香格里拉？真的吗？！我以为香格里拉只是个臆想出来的地方，只是喜马拉雅山脉中的一个神话国度。"

嗯，这就是爷爷不想死在那儿的原因。有谁会希望自己死在一个神话国度呢？

"泰姬陵？！你还去过泰姬陵？！奶农哪儿也不能去。我们如果去泰姬陵，就得把奶牛一起带上。每年暑假，我的同学要么去西班牙，要么去佛罗里达，要么去黑池什么的，而我们只能待在斯特拉莫迪把割完的草晒干。你知道我们的假期是怎样的吗，普雷兹？'儿童之家'的孩子过来和我们待在一起时，你们是在度假。好好度过一个愉快的假期吧，好吗？也带给我一些阳光吧。"他穿上靴子，向门外走去。

我从没想过，在我之前居然有"儿童之家"的其他孩子来过这儿。真好奇都是谁,他们也都睡在上铺吗? 有人比我更有趣吗?

透过卧室的窗户,我看见雷开始帮他爸爸修理被大树砸坏的栅栏。"爸爸"驾驶着一台类似迷你挖掘机的东西,雷把残碎物堆进挖掘机的铲子里。我正要下去找点儿事情做时,史波尼克蹦蹦跳跳地进来了。

"准备好拯救你的小世界了吗? ! "

你只能进厨房,不可以进屋的。

"那我们走吧! 这是'十件值得一看的事情'吗? 那是什么? 远吗? "

"这是世界上最漂亮的建筑。"

"就此打住吧。建筑不算。"

什么?

"建筑就只是建筑,没什么了不起的。我对建筑不感兴趣。起码对人类的建筑不感兴趣。人类又不会给太妃糖建房。"

哦。

恐慌像爆米花一样在我脑子里爆炸了。现在我该怎么办? 几乎所有的世界奇迹都是人类建筑。

除了人类建筑,还有别的建筑吗?

"蜜蜂的建筑。你见过蜂箱的内部吗? 那才叫建筑。蜂蜜、光线和声音在六边形的蜂巢中游走! 成百上千只蜜蜂夜以继日地工作。对虾什么的也会建造。还有珊瑚礁,它们用自己的身体来建造。所以,泰姬陵……我真不喜欢这个音调。"

那你喜欢什么音调呢? 这很严肃,我正在努力拯救一个

星球。

他捂住耳朵叫起来："啊，一听到这个声音我就浑身难受！快让它停下！"他好像十分痛苦。那一瞬间，我以为世界末日马上就要来临了。

发生了什么？你还好吗？你怎么了？

"你听不见吗？好像有人在钻我的耳膜。"

什么？

"口哨声。你听不见吗？肯定在 53 千赫左右！"

我向窗外看去。只见杰茜站在院子里，拿着一根狗绳，吹着一个银色的小口哨。

是杰茜，我想她得到了一支犬笛。

"我马上就让它停下。"史波尼克打开双肩包，房间里顿时充满了一种炙热的烟火味儿。他拿出一把手枪，是真的手枪，看起来就像《加勒比海盗》里的那种，很沉，有着银色的扳机和木质的手柄，枪背上还有一个硕大的黄铜锤。

慢着，住手。

"我要朝她头顶上打一枪，吓吓她。"

噢，不不不。天哪，等一下。噢，不。天哪。

我的。

天哪。

今天早上你就是这么去买东西的，对不对？你在德米特里商店掏出了枪！

"枪太有用了。无须付钱就可以得到你想要的东西。"

他来到窗前，瞄准杰茜。

天哪，不，快住手，千万不能开枪。

"她才是需要住手的人。"

那我们就下去，有教养地制止她，而不是用枪。

即使已经来到杰茜面前，我仍无法听见哨声，只有些许微弱的砰砰声而已。她见我们来了，便从口中拿出了犬笛。

史波尼克说："真是感谢星空。"砰砰声停止了，我这才发现原来那根本不是哨声，而是我由于害怕他会拔枪而扑通跳动的心跳声。

雷走过来看了看那支犬笛。"还记得吗？这是我们从饲料店买来的。以前我们用它来玩那个游戏……"

"《未来的狗》，我超喜欢那个游戏。"

"别在'儿童之家'的孩子面前说起它，很尴尬啊。"

"也别在'儿童之家'的孩子面前说'儿童之家的孩子'。虽然他不说话，可他有耳朵。嗨，普雷兹！"

"嗨，普雷兹。"杰茜笑着说道。然后她扑向史波尼克，给他戴上一个破旧的领结。领结的皮面上满是裂纹，上面还挂着一枚打磨光滑的小铜牌。"你觉得怎么样？"

"很喜欢，"史波尼克说，"这是本地的风俗吗？我超喜欢风俗人情的。"

如果你是狗的话，这就是本地风俗。可你不是狗。

"谁在乎物种？重要的是思想。"

当他还在滔滔不绝时，杰茜已经把狗绳扣到了他的领结上，拽着他踏上小路，朝奶牛牧场走去。史波尼克感到异常不适。

"她在干什么？哎哟！她在拽我，难道她以为我是她的行李吗？"

"拜托，史波尼克，"杰茜像哄小孩似的说道，"去遛遛咯。"

"遛遛？你疯了吗？我们还得去拯救地球呢！快告诉她。"

我怎么说啊？说什么？"这只狗不是狗，顺便说一句，有一个外星拆迁团伙就要来了，很快就会摧毁你的星球，所以，麻烦你松开狗绳，可以吗？"

"简洁明了就行。哎哟！扯死我了。"

我要是那么说，他们就会把我送回"儿童之家"。然后那儿就不仅仅是我临时的家了。

"坐下，史波尼克！坐下！"杰茜指着地面说道。

"你给我张椅子，我才能坐下，"史波尼克说，"我是不会坐在这儿的。地上全是泥。"

"坐下！"

"是的，我会坐下的，等我们找到某个可以坐的卫生的东西再说。"

穿过农场的这条小路很长，他们把它称为"田间小路"。史波尼克沿着它向前慢跑。一些奶牛在他经过时抬头看了看。史波尼克停下脚步，注视着它们。

"那是什么？"

奶牛。

"奶牛，"史波尼克仔细地把这个词在嘴里品尝一番，仿佛是一种新口味。

"别动。"杰茜说着，在他面前蹲了下来，"史波尼克，别动。"她用一根手指按住他的脸。"别动，别动，别动……"

"我想你已经说得非常清楚了，"史波尼克说，"你要我待在这儿，对吗？"

"乖宝贝。"她极其缓慢地解开了狗绳，倒退着离开了他的身边。"乖宝贝，史波尼克乖。"

"那么，奶牛，"史波尼克龇着嘴说道，"可以……吃吗？"

不可以。

"闻起来是可以吃的啊。"

嗯，你可以吃它们，但首先你必须……

"太好了！我快饿死了！"他不等我说完，便跑开了。

"史波尼克！"杰茜大叫道，"来这里，宝贝！来这里，史波尼克。"

可史波尼克并没有过来。他纵身越过栅栏，冲进牛群中央。他要干什么？咬奶牛吗？！

奶牛们并没有坐以待毙。

它们哞哞大叫，眼睛滴溜溜乱转。

它们慌不择路地逃窜，大地砰砰震动，泥浆四溅，一片暴乱。

"史波尼克！不要！！！"杰茜叫道。

我跟在他身后。奶牛们轰隆隆地奔过牧场，朝房子背后的小山跑过去。我连忙追赶过去。我该怎么办？抓住它们的尾巴吗？

"爸爸"穿着雨靴，大步跨过小山，向我们走来。"噢，天哪！慢着！发生了什么事情？"他挥舞着一根大棒说，"史波尼克在田里干什么？"这时，奶牛开始围着栅栏兜圈子。"瞧瞧这些奶牛！简直天下大乱！这么蹦跶一通，牛奶都要变酸奶了。你得控制住他，普雷兹，你得负起责任。"

"谁都别想——"史波尼克咆哮道，然后将溅满泥浆的护目镜推到头顶，双眼直视"爸爸"，继续喊道，"——控制史波尼克。"

"都是我的错！"杰茜大叫着从田里跑过来，"对不起，对不起。"

"本来我要带它们去挤奶的。现在得好一会儿它们才能平静下来。"

"都是我的错，"杰茜再次说，"我不会再犯了。别把他送走。"

我不确定她说的是史波尼克还是我。

"真是瞎紧张，"史波尼克说，"你只要自信就行了。他可能听到的都是'汪汪汪'之类的吧。"

显然"爸爸"并没有听懂他说的话。他说："把史波尼克带回家里去，免得造成更多的破坏。"

可史波尼克站在高处，双手叉腰，喊道："哺乳动物小姐们！看着我。快点儿，看着我。"奶牛们转动着它们水汪汪的大眼睛，朝他看去。"我会吃了你们吗？是的，我会！"奶牛立即骚乱起来。"除非——你们在听吗？——除非你们乖乖听话。如果你们乖乖听话，我就不吃你们了。尽管你们闻起来非常美味。"

"起码让他安静一点儿吧。""爸爸"说道。

"哺乳动物小姐们！"史波尼克大叫道，"排好队，去挤奶。知道吗？你们是真的想去挤奶。"

奶牛不再哞哞叫，不再惊慌失措、四处乱跑，不再闯来撞去、拉屎撒尿。

它们排成了一列。

"天哪。""爸爸"说。奶牛一个接一个地走上山坡，就好像在邮局排队领取退休金。

"很好。""爸爸"耸耸肩，挠了挠头，看着牛群从身边走过，"好吧，看样子局面已经稳定一些了。那么，管好史波尼克，你们就可以来帮我挤牛奶了。"

我跟着"爸爸"、杰茜和牛群爬上小山。抵达山顶时，我停下脚步，愣住了。

"不错吧，嗯？" "爸爸"说。

山脚下的凹地里坐落着一座城堡。虽然作为城堡它太小了点儿，可麻雀虽小，五脏俱全：塔楼、落地窗、护城河，一个也不少，竟然还有一座吊桥。

"有些人家里有挤奶室，" "爸爸"说，"我们家有挤奶城堡。很出名的哦。"

"大家都叫它'咕咕宫'，"杰茜说，"是我祖父建的。屋顶漏水了，塔楼也有点儿摇晃……"

"那只是地基的问题，"史波尼克说，"我轻轻松松就能修好。"

和比萨斜塔一样，已经摇摇欲坠上百年了，现在还没倒下呢。

"你去过比萨斜塔？"史波尼克说。

当然。那是以前我环游世界时经过的一个地方。

"它是什么样子？"

呃，它很……歪。

"歪？"

不太记得了，我太小了。很斜，它很斜。

杰茜显然什么也听不明白，她只顾着滔滔不绝。她真的很喜欢这座"咕咕宫"。"我超爱它，我打赌奶牛也超爱它。这就像霍格沃茨魔法奶牛学院一样！我打赌我们家的奶牛肯定会拿这些和其他奶牛吹嘘的。那个吊桥是真的，快过来看看。"

我们跑过去，她向我展示了如何操作手柄把吊桥放下来。奶牛悠闲地穿过吊桥，走进一个类似庭院的地方。"等它们全都进来，就把吊桥拉起来。这样它们就到等候区了，明白了吗？现在把这道大门拉开，动作不要太快。放十五头牛进去，然后赶紧关上门。你得吆喝着，把想要跟进去的牛赶开。现在我们从小门进去，得把史波尼克留在外面，里面是洁净区。快来，我教你怎么清洗牛乳房。你可以做个有用的人。"

我真的很想做个有用的人，只是从未设想过那意味着要用蘸有碘酒的棉花擦洗奶牛的下半身。

"清洁牛乳房，""爸爸"说，"同时告诉奶牛准备挤奶。"

随后，我们绕着牛，把奶泵连接到了牛乳房上。杰茜向我演示了整个过程。感觉有点儿诡异，但牛好像并不介意。等你上手之后，就变得容易多了。接下来，"爸爸"拉了一下开关，环绕在我们身边的管道立即发出一种低沉的汨汨声。"爸爸"搂住我的肩膀，杰茜说："听见了吗？那就是我们挤的牛奶。"

我能听见。我还能听见另一种声音，一种奇怪的风吟。

"真应该好好修一下屋顶了，""爸爸"说，"你听上面那鬼哭狼嚎的风声，真吓人。"

可我知道那并不是风。以前我也听到过那个声音，那是史波尼克在吹爷爷的口琴。真想知道他是怎么搞到手的。

即使他正在远离我几英里的地方制造着一场惨绝人寰的演出，但他仍然能听见我心中所想。

"我偷来的！"他大叫道，"你爷爷不会介意的。这是乐器，它想要被演奏，而不是被藏在双肩包里不见天日。"

你那不叫演奏，你只是在瞎吹。

"我听着可悠扬了。"

我听着像某种东西快要死在洗衣机里了。

他深深吸了一口气。"哦，"他说，"牛屎、牛尿、牛奶、牛的呼吸，还有少许盐和海藻。奶牛居然是插电的，我必须承认，我还是蛮吃惊的。你们在干什么？给它们充电吗？"

牛不是插电的。这是泵，泵是用来吸牛奶的。

"奶牛里面有牛奶？！奶牛外面是肉，里面是牛奶？怪不得它们住在宫殿里。真了不起！你确定我一头都不能吃吗？"

你在哪儿呢？我能听见你说话，但看不见你。

"你能听见史波尼克在叫吗？"杰茜说。

"他在这里面吗？""爸爸"问。

"我在这上面！"史波尼克叫道。

我抬起头，其他人顺着我的目光看去。此时我们就站在塔楼下面，只见塔楼顶上方的方形天井外有一片蓝天，史波尼克就在那儿俯视着我们，他的护目镜熠熠生辉。

"他是怎么上去的？"杰茜说，"楼梯在这里面啊。"

他大概是骑了反重力的牛上去的吧。

"要是调一下这些管子的温度，"史波尼克说，"挤出来的就不是牛奶，而是冰淇淋了。"

不行。

"但是你想象一下——一头装满了冰淇淋的奶牛。拜托。谁不想吃上一口呢？"

　　"别动，史波尼克！""爸爸"叫道，他大概以为史波尼克不想待在塔顶，"我们上来救你。"

　　爬楼梯上塔顶的过程就像爬上一张由螺丝钉构成的蜘蛛网，我的胳膊擦伤了两次。到顶之后我感觉有点头晕，但新鲜空气立即扑面而来，田园美景尽收眼底。延绵起伏的田野穿过山谷，农舍看不见了，因为都蜷伏在山坳里，但你能看见炊烟袅袅地升入空中。山顶上的一排树木好似一个奇特的发型。还有些像乐高积木一样的东西，原来是房车营地。在另一边，大地看起来闪闪发亮。

　　"那是海吗？"史波尼克问，"几千光年里都没遇见海了，我最后一次见到的海是死亡之海。"

　　在哪儿？我从没听说过。

　　"汪星太阳系的远端。后来海洋消失了，真让人失望。没有重力，没有潮汐，也没有水。"

　　没有水怎么能叫海呢？

　　"那是有毒气体组成的海。"

　　啊。

　　"故事里说，这个星球上遍布着海洋，其实是七大洋。这是什么海？"

　　"这是伦布莱肯湾，那儿是默斯滩涂，""爸爸"说，好像他听懂了史波尼克说的话，"涨潮时，海水会漫到那一块儿。

很多人都喜欢漂亮的沙滩，但我们更喜欢默斯滩涂。是吧，杰丝[1]？"

"什么？"史波尼克说。

"爸爸"注视着他。"你知道吗，"他说，"我可以发誓，有时候我觉得我所说的每句话他都明白。"

目前的默斯滩涂基本上只是一片淤泥，可杰茜仍兴致勃勃地谈论着涨潮：

"我最喜欢太阳出来时它闪闪发亮的样子。沙滩可不会这样。只要你知道该往哪儿看，就能发现琳琅满目的宝贝，比如螃蟹、贻贝和黄纹蟾蜍。那儿有一条小溪。那儿会沉陷，如果你不看着脚下，就会陷到胸口那么深，我就被陷过一次。那一排高高的木杆是养三文鱼用的网。看见了吗？我常想，如果涨潮时我被困住了，就可以爬到杆子上，假装自己是一条被困的三文鱼。杆子上都长满了贻贝和小帽贝，贝壳非常锋利，可以用来割绳子。那边有一个小码头，以前是港口，用来运输奶牛和采石场的石头。然后那儿还有许多水鸟——红脚鹬和麻鹬——走路的时候像踩着高跷一样。'默斯'是维京语，你知道的。所有人都觉得维京海盗是坏人，但其实并不是那样，对吧，爸爸？他们只不过没有足够的土地罢了。一个小孩成年时，他的父亲就会让他离家去寻找自己的一小块儿土地。等他有了小孩，也会同样对待他。久而久之，他们的族群便遍及世界各地。他们只不过在寻找一个家，你

---

1 杰茜的昵称。

知道吗？他们带来了这些奶牛，并不是咱家这些，而是它们的祖先。这种牛叫作'腰带牛'。你看，它们身体中间有一条白色的带子，像腰带一样。看见了吗？"

"还有最高处长了许多树木的那座山，那是一座古罗马城堡，历史和哈德良长城一样悠久。"

"哈德良什么？"史波尼克说。

"哈德良长城。""爸爸"说。再次让人感觉他好像听得懂史波尼克说的每一个字。也许因为他是奶农吧，习惯了和其他物种交谈。"是古罗马人建的。哈德良是一位古罗马皇帝。呃，他是古罗马帝国的皇帝，但其实他是西班牙人。长城上的大部分士兵也是。"

爷爷也出生于西班牙。他随海军走遍世界，后来遇到我奶奶，在苏格兰结束了四海为家的生活。犹如一名维京海盗，亦似一位古罗马士兵。

"为了阻止苏格兰人入侵英格兰，哈德良下令修建了这道墙，弄得好像我们苏格兰人情愿离开自己脚下如此美丽的地方似的。"

"一道墙？"史波尼克说，"有多长？"

八十四英里。起于鲍内斯，止于纽卡斯尔。贯穿了整个国家。

这是小学五年级时奥迪夫人讲的一课——《我们的祖国》，我竟然还记得如此清楚，真叫人吃惊。

"一道墙，"史波尼克说，"八十四英里长。"那语气听起来仿佛长城比装满了冰淇淋的奶牛还要好吃。

第一批十五头牛挤完奶后，我们便让它们从后门出去了，从那儿可以直接通往牧场。接下来，让下一批等在庭院中的十五头牛通过推拉门，进入挤奶室。

我们刚打开门，史波尼克便跑进田野，向农舍的方向奔去。

"史波尼克！回来！"杰茜大叫道。

我跟在他后面。杰茜也想跟过来，但"爸爸"把她叫回去帮忙了。

"太不公平了，"她说，"普雷兹可以和史波尼克随便玩儿，我却要挤奶。"

"那只狗大概只是想去某处解决一下私人问题。""爸爸"说。

"说得没错，"史波尼克说，"这个人真的太懂我了。我要去撒泡尿。"

去灌木丛里吧。

"噢，不，不不不。这泡尿我有个伟大的计划，非常厉害。"

鸡肉蘑菇派

"一道八十四英里长的墙,"我们一边走进院子,史波尼克一边说,"真让人浮想联翩。"

小学五年级时,奥迪夫人曾要求我们设想一下这道墙。"想象一下,"她说,"数世纪前没有任何机械设备,竟然建造出如此宏伟、如此坚固的东西,古罗马工程师们是多么才华横溢啊。"

"想象一下,"她说,"月光照射在古罗马军团的利剑和长矛上,熠熠生辉。想象一下,身上绘有蓝色图案的皮克特人[1]多么恼羞成怒。"

我知道史波尼克想的和这一点儿关系都没有,我清楚地知道他想的是什么。

"一道八十四英里长的墙,"他感叹道,"那样一道墙,你可以尿上大把的信息;那样一道墙,简直可以尿一部见鬼的长篇小说上去。"

那儿可远了,你能憋得住吗?

---

1 当时居住于现为苏格兰东部和北部地区的原住民。

"我们有交通工具啊——你看。"

"爸爸"用来清理院子的那台迷你挖掘机还在外面，钥匙也还插在点火装置上。

不，不行，我们不能去兜风。另外，这个东西每小时只能跑两英里。

"你看过说明书了吗？"

没有，没看过。

"那你怎么知道它能跑多快？让我瞧瞧。"史波尼克绕着挖掘机走了一圈，然后从双肩包里拿出一把沉重的锤子。咣当！他照着挖掘机底盘狠命一砸。

住手，史波尼克，求你了。他们还得用这个干活儿呢。你不能……

咣当！他又给了另一侧一记重击。挖掘机的驾驶室在底盘上震个不停。

"上车！"史波尼克说。

不。

"我还不太习惯在这种重力条件下驾驶，"他一边说，一边钻进挖掘机铲子下面，"我想应该有人监督着我，就是你了。"

铲子下面某处忽然发出一阵尖锐的钻孔声，我吓了一跳。

求求你快别瞎搞了，史波尼克。

"谁在瞎搞？我完全是为了人类的利益在重新设计这辆车。"他跳进驾驶室，拉了几下操纵杆，把铲子放下来，直直地伸在我俩面前。现在它看起来不再像大象鼻子了，而更像一枚火箭。然后他从双肩包内摸出一把圆锯来,把挖掘机的正面削尖。

"干得漂亮,史波尼克,"史波尼克说,"好了,发动吧。"他转动了钥匙。

史波尼克通常会试着向我解释接下来发生的事。这和物理学息息相关。当你的速度接近光速,身体便开始失去质量,或者增加质量,诸如此类。总之,你的身体不再保持固体形态,也就是说,你可以在纷繁的交通环境中任意穿梭,而不会碰撞任何东西。

总而言之,他一点火,挖掘机就接近了光速。不到一秒,我们正驶离一条又长又直的公路,驶向一处距离斯特拉莫迪农场五十英里的停车场。但是,我的内脏还留在院子里。

一对秃鹰在我们头顶上盘旋。

湿润的空气中弥漫着绵羊、泥煤、咖啡和蛋糕的味道。

瞧啊，我都已经开始像史波尼克一样去观察事物了。

那儿有一个牌子指向一座建筑物，上面写着"游客咨询处和厕所"。建筑物后面有一片山坡，坡顶有一条绿草如茵的长堤，上面矗立着几处残垣断壁，若干巨大的石块散落在整个山坡上。我没有来过这儿，但我知道这是哪儿。这条绿草如茵的长堤便是哈德良的土木防御工事，而那些散落的大石块便是哈德良长城的遗骸。

史波尼克愤怒地嘀咕道："那就是长城？就那样？！著名的墙？！你们管那个叫作墙？那根本不是墙，只是一堆石头。你们人类是怎么回事？用漂亮的大石头堆砌出一道又长又可爱的墙壁，竟然任凭它就这么倒塌？！其他部分都跑到哪儿去了？"

我知道其他部分都跑到哪儿去了。小学五年级时，奥迪夫人就教过我们哈德良长城这一课。

数世纪以来，农民们用墙上的石头建造了谷仓、村舍和羊圈。

"哦，是吗？"史波尼克低声怒吼道，"噢，是这样吗？那他们就该好好把东西摆回来。"

我真应该在他说出刚刚那些话的时候就有所警觉的。

然而马上他就做出令我更为警觉的举动。他放低了挖掘机臂，驾驶着它经过停车场，穿过那道低矮的木栅栏，爬上山坡，直奔长城遗址开了过去。

游客中心里走出一位古罗马打扮的女士，她抬起手臂挥舞起来。一开始我还以为我们穿越了，或者她是个幽灵，但后来发现她只是一个身着古装的导游而已。"停车，停车，你不能把那种车开到景区里。景区非常脆弱，这是一处历史遗迹，不能开挖掘机……快停车！"

挖掘机张开漆黑的大嘴，露出尖利的牙齿，向那位女士逼近，仿佛要吃了她似的。史波尼克在全权操控着它。

"不要啊！！"她向旁边一跳，让开了路。史波尼克从地上铲起一堆圆形巨石，然后直奔长城废墟而去。"你瞎胡闹什么呢？"那位古罗马女士尖叫起来。她看着我大叫道："到底，在搞什么鬼？"

对我来说，这真是一个难以回答的问题，因为我也不知道在搞什么，我连怎么到这儿的都不太清楚。

"马上熄火！这道墙已经有两千年的历史了，它必须受到尊重。"

"我们就是要让它受到尊重，"史波尼克说，"我们要修好它。"

她仍然看着我。她听不懂史波尼克说什么，尽管他一直在说。

"我是史波尼克·梅洛斯，独一无二的史波尼克·梅洛斯。这是学校布置的任务，他们要求我的这位朋友想象一下哈德良眼中的哈德良长城是什么样子的。我告诉你，"史波尼克说，"他想到的绝对不是这样的……残垣断壁。所以我们要把它修好。"

一个男人大步流星地走出厕所，他头戴黄色安全帽，身着一件反光外套，脚踏长靴。

"打扰一下！"那位古罗马女士向他喊道，"你知道这是怎么回事吗？景区里怎么会有挖掘机？"

"不知道，"戴安全帽的男人说道，"我是负责维护保养的，如果你想知道点儿什么的话，那就问对人了。我负责修缮遗址，我的工作伙伴是历史遗迹部门，而不是开挖掘机的小孩。"

"修缮？！"史波尼克嚎叫道，"呃，到目前为止，你什么也没有修缮啊。"

"就目前的情况来看，"安全帽男继续说道，"你在蓄意破坏公共财产。马上滚出景区去，否则我就依法处理了。"

"普雷兹，"史波尼克咆哮道，"哈德良长城重要吗？"

当然重要。

"那为什么这些人任凭它残垣断瓦散落一地呢？如果它很重要，那他们就会修好它；或者它根本不重要，那也应该把这些石头全部清理掉，让这片草地恢复自然。"

在古罗马女士的尖叫声中，史波尼克铲起石块，运至长堤顶端，然后把它们倾倒在墙边。当史波尼克再次铲起石块时，她尖叫得更厉害了。就这样一次又一次，直到所有散落着的石块都堆积在了防御工事的顶端。

他熄了火。

我听见古罗马女士在打电话报警："不是普通的墙，是长城，哈德良长城，古罗马长城，The Vallum Aelium[1]，我们国家最伟

---

1 哈德良长城的拉丁名。

大的历史遗迹。"

史波尼克跳出驾驶室，穿过草地在她面前坐了下来，然后抬起头看着她。我猜她会立马对他实施某种公民逮捕权。可恰恰相反，她笑着说："你从哪儿来的？你真可爱啊。"然后摸了摸他的头。她见我朝她靠近，便呵斥道："我警告你，年轻人，我已经报警了。你摊上事儿了，摊上大事儿了。"

史波尼克给了她一个小菠萝一样的东西。"噢！"她嗲声嗲气地说，"是给我的吗？"

她怎么能对他发嗲——他才是真正的罪犯啊——却威胁要逮捕我？天理公道何在？

她用手掂量着那个小菠萝似的东西。史波尼克继续用一双水汪汪的大眼睛看着她。一个戴着护目镜的小外星人这样做，看起来好生诡异，可我想如果你以为他是一只狗，那确实蛮可爱的。

"我知道，"她嗲声说，"你想要什么。"她把小菠萝高高抛向空中。它划出一道优美的弧线，飞向巨石堆。

"扔得真准。"史波尼克大喊道。

"去捡回来！去啊，宝贝，去捡回来！"

"捡回来？"史波尼克说，"你疯了吗？那是一个拉开保险的手榴弹。"

你说的拉开保险的手榴弹是指……

"我说的拉开保险的手榴弹就是……"

你干吗给她一个拉开保险的手榴弹！

"这个我们回头再聊。现在，先戴上护目镜……"

我没有护目镜。我会死的，我们都会死的！你不是说你是来照顾我的吗？现在你居然在我身边扔了一个手榴弹。

"快捂上耳朵，低头，五……四……三……卧倒！"

我扑倒在地，捂住了耳朵。我的动作如此敏捷，以至于古罗马女士和黄色安全帽男都一起仿效。

纵然捂住了耳朵，但仍然震耳欲聋。首先是一种雷鸣般的吸气声——就像一个庞大的隐形吸尘器在吸草地一样。

接下来是一种恐怖的爆炸声，噼噼啪啪，就像一只庞大的刺猬在气泡膜上滚来滚去。

接着，好像有什么东西嗖嗖地从我身上飞了过去，那么近，那么快，我忍不住抬头一看。

草地就像一锅沸腾的汤，不停向上隆起一个个鼓包。它们瞬间隆起，然后爆炸开来。大大小小的石块从泥土里喷发出来，仿佛被一个巨型吸尘器吸出来似的。

电脑游戏的爆炸场景里，所有的碎片都会彼此远离。这也是爆炸，但却是反向爆炸。石头非但没有彼此远离，反而飞过来聚拢到了一起。

"反转炸药，"史波尼克说，"那东西差不多就是个炸弹。看着吧。"

我用双手遮住脸，从指缝中窥视，只见大大小小的石块、砖块和门梁纷纷聚拢在一起，在空中穿行着，一个接一个稳稳地降落在古罗马长城的废墟之上。它们互相堆叠着，为彼此腾出空间，挤进合适的位置，像洗牌一样沿着长城堆砌下去。四周尘土飞扬。

石块互相摩擦，咔嗒作响。

接着一切都安静下来，我们又能听见秃鹰的叫声了。

史波尼克把护目镜往头顶上一推，双手叉腰。"女士，"他说，"哈德良长城。正如哈德良想要的那样。"

一座完美、崭新的古罗马城墙诞生了，它坐落在这片草地最高处，越过小山，向前延伸着。

一时间，我们谁都没有说话。然后，穿反光外套的那个男人脱下安全帽，将它抱在胸前。"那个，"他说，"真是一件精美的作品。"

"太美了。"古罗马女士感叹道。她吸了吸鼻子，然后用宽袍迅速地擦了一下。"哈德良长城。"

接下来，史波尼克理所当然去撒了一泡尿。"我要在我的杰作上署个名。"他咧嘴笑道。他搞定之后，我们便一起在这座防御墙下的阴影里漫步了一会儿。

安全帽男抚摸着石墙，说道："整齐的石灰岩，和新的一样好，真是件伟大的作品。顺便说一句，我叫帕维尔。"

"实际上并非如此，"古罗马女士说，"它刚建成时，这边的烽火台最初是用泥炭和木材建造的，然而那个烽火台却是……我的天哪！"她停顿片刻，"烽火台！快来！我们进去看看！"前方不远处的城墙上坐落着一座石塔，上面有木制的尖顶和一个类似阳台的东西。古罗马女士领头跑过去，拉开了门。"门开着！"她高呼道，"快进来。顺便说一句，我叫埃米莉亚。"

我们跟着她走上宽阔整洁的台阶，来到塔顶，向外望去。

我们这才第一次真正看到了它：长城，它如同巨蛇一般蜿蜒着，纵贯群山之巅，消失在山谷中，又浮现于下一座山峰，绵绵不绝，与天地相接。一座石塔耸立于邻山之顶，仿佛城墙坐了起来，正在环顾四周似的。

"哎呀，现在那边可有点儿小尴尬了。"帕维尔说。站在我们身后的他怔怔地望着横穿过主路的新墙。下一座烽火台正好矗立在中央隔离带里。"貌似你拦住了 A7 公路。"

"但这是值得的。"埃米莉亚感叹道。

马路上的汽车排起了长龙。一些司机纷纷掉头绕行，另一些则走到车外，对城墙一探究竟。他们轻拍着石壁走来走去，仿佛无法相信它的存在。

"不得不说，"帕维尔说，"穿着那件宽袍，置身于古墙上、夕阳下，还有这一切，你看起来简直就是一个活脱脱的古罗马……"

"古罗马什么？废墟？"她咯咯笑道。

"女神。"他咕哝着，随即看向别处，两个人都暗自带着羞赧。他说："我想，阻碍了交通，我们会有无穷无尽的麻烦吧？"

麻烦？我们当然会有麻烦。

"麻烦？"史波尼克哈哈大笑，"因为修好了哈德良长城？整个国家都会感激涕零的。另外，一座贯穿整个国家，如此浩大的防御工事突然从天而降，谁会想到把责任归咎于一个男孩和他的狗呢？"

他说的对。哈哈！

堵车的人们溜达着经过了我们身边，纷纷凝望着山地上的座座城垛，仿佛白日做梦一样。人越来越多。他们把车停在路上，登上这道无法解释的墙。堵车的队伍越来越长，人们开始爬上山坡，朝石墙走去。有戴着黄色安全帽的道路施工人员；有刚接了孩子，身着鲜艳夏装的家庭成员；有下班回家的男男女女，他们纷纷拿起手机和平板电脑进行拍摄；还有一辆长途大巴上的乘客，一群穿着田径服的姑娘——我们俯视着这些形形色色的人，感觉自己就像古罗马士兵，正在观望来袭的部落。

史波尼克，你制造了一个庞大的障碍，你建了一道横穿主路的墙。

"不是我建的，上千年前它就在那儿了。"

可最近几百年它已经不在那儿了。

"只不过是被打断了，现在它又恢复正常了，就是这样。"

帕维尔和埃米莉亚担心的事和我一样。"很多人，"帕维尔说，"都会对这个障碍深恶痛绝的。"

"你不是在提议把它推倒吧？"

"这么可爱的作品？我连挠都舍不得挠一下，别提推倒它了。"

"有时候障碍也可以是一件好事，"埃米莉亚说，"生活中你一直马不停蹄，这时发生了一件事让你停下脚步去思考……一切都变得那么可爱。尽管现在开始降温了。"她只穿了一件宽袍。帕维尔脱下反光外套，披在了她肩上。我知道他们接下来牵起了手。

我们应该回斯特拉莫迪了。"'爸爸'一定在找挖掘机。"

"如你所愿。"史波尼克说。

可不知怎么地，我们无法离开。我们继续走着，所有人都继续走着。城墙仿佛希望我们在其上行走，就像音乐希望你去聆听一样。

于是我们一直走到了天光渐暗，第一颗星星爬上夜空。只有一颗星星，位置特别低，但非常明亮。如果你凑得更近，会发现它闪烁着五彩斑斓的光芒。大家都停下脚步看着它，仿佛那是远方一扇窗户里亮着的一盏灯，在叫他们回家。我知道那是什么。那是天狼星，犬之星。因为它几乎总是第一颗出现的星星，所以常为水手们所用。

"我没有在看天狼星，"史波尼克说，"我在看它旁边的一颗白色小星星。"

我仔细寻找，但完全看不见他说的那颗。

"做狗有一个好处，就是视力好，比人类锐利多了。"在夜里也一样。那儿有一颗白色的小星星，名叫汪星。找个时间抬头看看吧，它有一个可爱的小行星系。

我一直在往史波尼克指给我的方向看。片刻之后，我终于看到了一颗极小的白色星星。又过了一会儿，我觉得自己好像能看见火花般的行星们在绕着它旋转。

"我的星球曾经是第三颗。"

曾经？

"嗯。汪星内爆了，变成了一颗白矮星。星系里所有的行星都被吸了进去，现在那整个行星系比一只网球还小。"

但是如果它已经不存在了，我们为什么还能看到呢？

"你看到的是恒星发出的光，那光需要五十万年才能抵达这儿，因为它距离这儿五十万光年。所以你看见的星星都是过去的星星，是它们五十万年前的样子。那之后发生了很多事。现在，我曾经的家园已经空无一物了。整个宇宙中没有属于我的地方。想象一下，如果每一颗星星都是一场没有邀请你的派对，每一颗星星都是一扇不让你进入的门……"

我想起他们把爷爷带走的那天。来自"儿童之家"的女士帮我打包好行李，让我坐进她的车里。我从后视镜里看见一位女警关上了我们家的大门。从那以后我就再没回去过。

你不想它吗？你的家？

"当然想。嗯，也许它并不是宇宙中最大的星球，可它也不是最小的。它有好几个卫星，夜里看着它们在天空中有序前进很有意思。它曾经是，你知道的，我的家。"

被迫离开特拉奎尔花园的家，这感觉真是非常糟糕。真无法想象被迫离开你的整个行星系会是怎样的感觉。

"知道吗？就连星球也并不是永恒的。"

你知道，如果我们拯救了地球，也许你就可以留在这儿。也许你可以在这儿生活下去，和我一起。

"我不知道。"

但我们会留下这个吧？我的意思是，哈德良长城——那很值得一看，一定可以写进《地球指南册》里。

我终于觉得我们开始拯救这个星球了。

"我不这样认为。"

可你很喜欢它啊，你还在上面尿了信息。

"但它总有一天还是会倒塌的。试想一下，如果有人为了看一看这道墙，穿越宇宙，千里迢迢来到这里，只因他们在《地球指南册》上看到了它，当他们来到这儿，却只看到一堆瓦砾，别无他物。那人们会怎么想？他们会觉得史波尼克的《地球指南册》不靠谱，史波尼克这个人也一样不靠谱。"

我们回到挖掘机中，转动钥匙，一眨眼便出现在院子里，疯狂地刹着车。

前门开着，空气中飘来鸡肉蘑菇派的味道。顺便说一句，派很好吃，尽管那是一名武装抢劫犯的杰作。

西班牙语课

吃饭期间，大家通常会同时说话。比如……

"吃饭不许玩手机。"

"我得查查怎么驯狗。"

"魔杖！"

"吃完饭再查。"

"吃饭不许玩魔杖。"

"吃点豆子。"

可那天晚上杰茜一言不发。她伤心地盯着她的土豆泥，仿佛那是一个沉睡的幽灵。没有杰茜的对话变成了这样：

"吃饭不许玩手机。"

"吃点豆子。"

她为什么不说话？因为她满脑子想的都是史波尼克，以及他是如何常常忽视她，反而和我到处鬼混的事实。

喝完茶，史波尼克悄悄从后门走了进来。雷并未发现，因为他正在满厨房地寻找电视遥控器。"妈妈"则忙着查看她脸书小组里的寻狗启事。

史波尼克在冰箱和水槽中间找到了遥控器，递给了雷。

"他居然知道我在找什么，怎么做到的？"雷说，"你知道吗，我觉得史波尼克不是一般的聪明。"他打开了电视。我本以为铺天盖地的新闻都会是哈德良长城造成的交通堵塞。我有点儿担心也许会有我俩的镜头，可电视里什么也没有提。

"看来我们已经全身而退了。"史波尼克说。

接下来的几个晚上，杰茜变得越来越安静。她发言的间隔越拉越长，一次比一次长。过了一会儿，你便能听到人们吃东西的声音。又过了一会儿，你甚至能听见外面的牛吃草的动静。

别人说话时，我感觉自己很容易就成了隐形人。然而安静下来时，我好像成了焦点，沉默像聚光灯一样照在我脸上。

这学期没几天就要结束了。我在想，如果我不说点什么，整个夏天就将这样沉默下去了。我真想站起来说："拜托了，求你们回到从前吵吵嚷嚷的日子吧！"

也许我真的会这么做。但一天晚上吃饭时，雷突然看着我，然后使了个眼色，说道："你们听说普雷兹和学校里那只短吻鳄的事儿了吗？"

杰茜抬起头来："普雷兹的学校里有一只短吻鳄？"

"别一边吃东西一边说话。"

"是啊。你相信吗？它住在员工卫生间里的热水浴缸里。总之，据说它跑出来了，爬进了学习资源室。短吻鳄张开大嘴——发出一声怪叫 —— 一下咬住了正在打电话的电脑老师。所有人都像这样：怎么办，怎么办？因为谁都不知道该怎么办。但是普雷兹跳上了桌子，用移动白板的一条腿撬开了它的嘴，帮她逃脱出来。她感动极了，给他多记了两个学分。"

"雷蒙德，不许取笑普雷兹。"

杰茜指出我和雷蒙德根本不在同一所学校读书。

"脸书上都传遍了，我发誓他简直成了表情包。你看，他可以用学分来证明。快给她看看，普雷兹。"

"妈妈"看着我，担心我不乐意。我在双肩包里翻出一本作业日志，给她看了看那两个学分，仿佛那就证明了我曾和一条短吻鳄进行了一场殊死搏斗。

大家纷纷笑了起来，我也笑了。然后他们终于又像往常一样吵吵闹闹起来。我向后一靠，静静地听着。

"普雷兹今日大事记"渐渐成为日常。每次晚饭时分，雷就会讲一个不同的故事。比如这一次，他说我在学校赌场里赢了五十万英镑。

"学校里有赌场？"

"是啊，你不记得了吗？普雷兹的学校是整个南苏格兰唯一拥有赌场的学校。总之，重点是，普雷兹赢了五十万英镑。"

"普雷兹赢了五十万英镑！真的假的？"

"不过钱都没了。他全押在黑色二十二上面，一次就输光了。"

我把口袋翻出来给他们看，里面空空如也，仿佛曾经全都塞满过。

我在学校的时候，别人有的东西我一样都没有。他们有好手机，漂亮的运动装备，兄弟姐妹，爸爸妈妈。现在我终于拥有一样别人都没有的东西了。我有一个朋友，他可以利用引力旋涡让棚屋飘到空中，可以用激光剑点燃雪茄。拥有史波尼克，这让我感觉自己就像一个神秘的百万富翁。

上学期间，其他人总是要做家庭作业，而我回了家就得干活儿。我学着做饭，学着处理爷爷退休金的事情，学着给他不喜欢的人回信。你在学校学到的知识就像纸上谈兵，很难理解。但当你一旦学会了棚屋飘浮术，那些课程看起来就容易多了，就像史波尼克说的那样：照说明书做就行了。在放假前最后一门课，西班牙语课上，我认真地尝试了一下这个方法。麦卡利斯特先生一边发放下个学期的课本，一边教导我们，如果我们当中有谁去西班牙度假，都该把握机会和真正的西班牙人说上几句西班牙语。

我直接翻到说明部分——位置比较靠后，没有图片，只有语法规则和词表。那些单词立即让我想起了爷爷。在家里他并不和我说西班牙语，但他最喜欢的很多东西都有西班牙名：西班牙海鲜烩饭、玉米饼、西班牙香肠、油条、啤酒。这些单词和语法规则就像一首小曲儿，直接飘进了我的脑袋里，然后在那儿流畅地播放下去。麦卡利斯特先生提出一个问题——"你叫什么名字？"——我举起了手。

"你好，我叫普雷兹，这个夏天我和布莱思一家住在洛克布雷克斯附近一个叫斯特拉莫迪的农场里。我有一个新朋友，他叫史波尼克，也和我们住在一起。每个人都认为他是一只狗，但他不是。"我说的是西班牙语，语速飞快，连我自己都不明白说的是什么。所有人都惊讶地盯着我。

"地道的西班牙口音。"

"谢谢。"

"先生，为什么他西班牙语那么流利，却从来不说英语呢？他根本就是西班牙人吧？"

"普雷兹，你是西班牙人？"老师用西班牙语问我。

"西班牙人？当然不是！"我用西班牙语回答道。我的嘴自行开合，单词蜂拥而出，如同老鼠一样在教室里蹦来蹦去，我实在无法描述那是怎样的感受。我继续用西班牙语说："我只是阅读了一下说明。"

"不，他不是西班牙人。"

"那他西班牙语怎么那么流利？"

"他说是因为读了说明，我猜他说的是课本吧，真是你们大家的榜样。"

"先生！"默德·贝尔举手说道，"先生，'爷爷'的西班牙语怎么说，先生？"

"Abuelo. 你试着说一下？"

"Abuelo，先生。那'疯'的西班牙语怎么说呢，先生？"

"Tonto. 为什么问这个？"

"所以'疯爷爷'就是 abuelo tonto，对吗，先生？那'关起来'怎么说呢，先生？'你的疯爷爷被关起来了'怎么说？"

至此，班里所有同学都在咯咯笑，他们知道默德是想激怒我。

其实，默德·贝尔和我一样住在"儿童之家"。只是他不希望任何人知道。于是他便欺负我。居然害怕一个从不说话的人告诉别人你来自"儿童之家"，你究竟是有多害怕呢？

鸡蛋

我感觉很对不起杰茜。我真该把一切都告诉她。可我该怎么做呢？该怎么说呢？"史波尼克不是狗，他是外星人。他会说话，擅长修理东西。不过，他全副武装，而且不按常理出牌。另外，他可能愿意和你一起玩儿，但他更应该把重心放在拯救世界上。"

你以为找出地球上值得一看或一做的十件事情很简单吧，可我根本猜不到史波尼克喜欢什么。我真的以为他很喜欢八十四英里的哈德良长城，可并非如此。"墙最终只是一道墙。但凡是墙，总有一天会倒塌的。"

可你把它修好了啊！

"我告诉你我喜欢什么吧，戴安全帽的帕维尔穿的那件黄色外套。"

那只是一件反光外套，用来在道路或者渡口施工时穿的。

"是的。反光外套。走遍整个浩瀚宇宙，我都没在其他任何地方见过这个。我喜欢它在夕阳下发光的样子。这就可以写进《地球指南册》里，我们可以把它列入清单。"

"爸爸"每天夜里做的最后一件事是出去转一圈，确保所有的棚屋和马厩都锁好了。我会和他一起去，顺便和史波尼克说晚安。他总是躺在吊床上，拿着记事本策划一些有可能的考察。

有时杰茜也会和我一起去，她会带一碟食物给他。我和史波尼克谈论拯救地球的时候，她一个字也听不懂，真叫人难过。这是不对的，毕竟，这也是她的世界。一天夜里，我决定无论明天我们做什么，都应该带她一起去。

可史波尼克有自己的主意。

1. 起床

2. 用冷水洗脸（这样可以阻止你再回去躺下）

3. 整理床褥（这样就无法睡回笼觉）

4. 刷牙（感觉很好）

5. 出门（早餐可以等会儿再吃）

史波尼克说今天一大早我们就要出发。六点钟我来到楼下准备出门，可我忘了这个时间对于乳牛场来说并不算早。我刚握住前门把手，便听见"妈妈"说："你是第一个出门的，普雷兹。"

她的目光落在了我的双肩包上——我总是背着它，不过她可能以为我想逃走。于是她说："给你个小任务。第一个出门的人应该带几个鸡蛋回来，可以吗？尽量多带几个。"

我和爷爷住在一起时，每天早上他都送我去上学，下午又来接我回家，直到他没有出现的那天。我在"儿童之家"时，上下学都乘坐一辆迷你巴士。没有大人的陪伴，你是不可能自己随意出入的。正因如此，现在我能一早自己打开门走出去，真让人感觉不可思议。这个世界好似有所不同。

"影子都指着另一个方向，"史波尼克说，"通常你看见的长影都是下午太阳落山时，那时的影子是另一个方向的。早上太阳升起时，影子从东到西。你的大脑发现了不同之处，但并没有告诉你。我们走吧。"

不等杰茜了吗？

"岁月匆匆不待人。"他拿起一个小本子在我面前晃了晃。

你从哪儿弄来的？那是我爷爷的潮汐时刻表。

"它能告诉你涨潮和落潮的时间。"

我知道，它本来在我包里的。看啊，正面有我爷爷的名字呢。你怎么弄来的？

"偷的，"史波尼克说，"走吧。"

我们穿过牧场。这一次走得很慢，奶牛不会被吓到。我们来到咕咕宫门口停下脚步。那儿有一道尖尖的篱笆，上面爬有许多黄色的小花。篱笆的空隙中，某种东西正闪闪发亮。明亮的蓝色。

"就是那儿了，"史波尼克说，"海。"

我知道，那儿就是那天我们看见的地方——咕咕宫还在那里，我能看见拴有三文鱼网的木杆顶端，但它看起来却像是另一个国度。那天，那儿只有一片泥泞的滩涂，除了一些呼啸而过的鸟儿外，什么声音也没有。而今天，那儿不再是滩涂，而是浪涛拍岸，海鸥喧闹。

史波尼克舔了舔嘴唇，然后擦擦手。那一瞬间我还以为他要把整片大海端起来，像吃烙饼那样吃了它似的。

我以前从来没见过这海。

"什么意思，你没见过海？你不是和爷爷一起游遍世界了吗？"

是的。呃，我的意思是，我没见过这片海。我当然见过其他的海。事实上，我游遍了七大洋。只是记不太清楚了。

"这片海叫什么名字？"

不太清楚。这是伦布莱肯湾，所以这片海肯定就是……

"我要叫它准时海，因为根据你爷爷这本书来看，它到这儿的时间恰恰好。"他把潮汐时刻表交还给我。"他们怎么知道海潮来的时间？"

这全都和月亮有关。月球引力导致地球上产生了潮汐。

"这也是我喜欢这个星球的其中一个原因。只有一个卫星，毫无疑问你们拥有最棒的引力。过去我居住的地方有一打卫星，想象一下，每隔半小时就有一个月亮经过，潮汐就像煎锅上的青蛙一样上蹿下跳。"

我从来没想象过那样的画面。

"毫无疑问，潮汐可以列入清单。"

我们钻过篱笆，在海岸上发现了一条窄窄的沙路，那儿有一个牌子，上面写着"伦布莱肯湾房车营地专用"。我们沿着沙路向前漫步，细碎的海浪"哗哗"地冲到我们身边。那感觉像是带着海在散步。

史波尼克一直站在我和海水中间，以防我被海水冲走。"照顾你是我应该做的，记住。你知道吗，"他说，"我真的越来越喜欢这个星球了。如果我们不阻止地球毁灭的话，真的会非常遗憾。"

每次他那么说，我就会抬起头仰望天空，也许能看见地球毁灭者的降临。

"看那儿！真是不敢相信！"史波尼克挺直身子，目视前方。只见一个挂着拐杖的胖子牵着一只西班牙猎犬，沿着小路正向房车群走去。他时不时地扔出一个橡胶球，然后叫狗去捡回来。在我看来，这并没有什么好惊讶的。

"我旅行了那么久，"他说，"从来没见过这样的东西。一只会讲英语的狗！"

你为什么觉得它会讲英语？

"他跟它说什么，它就做什么。"

我不太了解狗，但我非常肯定它们是不会说英语的。我想你可以训练它们。

"训练它们讲话？"

不，是训练它们，你知道的，去捡球。

每当那只狗放下球，那个胖子便捡起来，开始夸它真乖，叫它不要靠近水，不要碰鸭子。他甚至还问它有没有觉得冷，并提及今天比昨天更冷。

"可他俩并不开心，"史波尼克说，"胖子不想扔球，小狗也不想捡球。你说得对，他们不是在沟通。他们需要帮助，需要我。"

他沿着小路朝他们冲过去。胖子听见声音便回过头来看。他对史波尼克笑了笑，然后看着我说道："他叫什么名字？"

"史波尼克。"史波尼克说。

"这是费加罗。"胖子说。

"有时候你真的会觉得，你说的每一个字他们都听得懂。"史波尼克说。

"他是什么品种？"胖子问。

"旅行家，"史波尼克说，"普雷兹是我的向导。"

"好像他真的在说话一样。"胖子说。

然后他蹲下来，学起了狗叫——汪汪汪——正对着史波尼克的脸！

"我可以免费告诉你，"史波尼克说，"这哥们儿永远也学不会狗语。"然后他迈开大步，跟随着那只狗。"如果这个人不会说狗语，"他说，"那这只狗就真的得学点儿英语了。嘿，费加罗！到我这儿来！"

那只西班牙猎犬蹦蹦跳跳地跑过来，把脑袋钻进了史波尼克的苏格兰短裙里。

"他们正在互相了解呢。"胖子笑道。

我非常肯定，嗅别人的屁股并不是什么有教养的行为，也并不是了解对方的最好方式。可史波尼克看上去并不介意。他俩一起沿着小路朝房车群跑了过去。然后，史波尼克在双肩包内翻找一通，拿出了一个课本，翻开来给那只狗看。

"他们来了。过来吧，费加罗，来爸爸这儿！"胖子叫道。

费加罗跑回那个胖子身边。史波尼克跑回我身边，然后一屁股坐在草地上，戴好护目镜，说道："解决了。"

费加罗脑袋歪向一边，坐在主人面前。"谁是乖宝贝啊？"胖子说。

"我。"费加罗说。他的声音有点儿像爷爷——低沉沙哑，就像烟抽多了——可他真的开口说话了。

胖子斜眼看着我，仿佛希望我没听到似的。他说："对不起。只是，呃……"他捡起球扔了出去，喊道："去捡来，费加罗！去吧，去捡来！"假装什么也没有发生。

"我不去。"费加罗说。

"去捡来。"胖子说。

"不。"

"去吧，宝贝。"

"如果你想把它捡来，"狗说，"那你就自己去捡，我再也不捡球了。如果你还想要那个球，那就好好收起来吧，不要再把它扔掉了。"

胖子试图不看我们。他把脑袋扭向一边，对我说很高兴遇见我们，现在他得回家了。

"这就对了，"费加罗说，"我们要回房车上去，坐在沙发床上聊聊天。如果还想让我继续做你最好的朋友的话，我们就得把话说清楚。"

胖子慢慢弯下腰，想要把狗绳系在费加罗的领结上。

"你别做梦了。"费加罗低吼道。

"你究竟，"我大声说道，"怎么做到的？"

"都在说明书上呢。"史波尼克拿出了那本给费加罗看过的书。书名叫作《指南册之狗篇》。"为什么人们从来不认真读一读说明书呢？不读说明书，你永远也不会有最宝贵的收获。"

他取下双肩包，准备把书放回去。但这时他说道："糟糕！我差点儿忘了。"

"什么？"

"这个双肩包不仅仅是用来装行李的，这是我的重力压载物。这儿的重力和我来的地方非常不同。"

我并不太了解重力。据我所知，在法国、中国或其他任何地方都有不同的重力。但我知道他接下来的行为非常罕见。"看……"我看着他的脚，它们并没有接触地面。"推我一把。"我推了推他的肩膀。他摇晃片刻，然后便飘出了几英尺外，就像被微风吹走的一片羽毛一样。

"引力冲浪，"史波尼克咆哮道，"来了。"

引力冲浪？

"我和你说过，引力是一波波来的，你只需要学会踩在浪尖上就行了。"

他从腰带上取下那把巨大的剪刀，把它插进泥里。然后他平躺在草地上，双手握住剪刀，就像那是一辆迷你汽车的方向盘一样。他抬起一条腿，离开地面，然后又抬起另一条。接着他放开一只手，抓住双肩包的带子。"现在……"他喘着气，"到了关键时刻。我能做到吗？是的，我能。"他用另一只手把剪刀从泥里拔了出来，然后抓住另一条包带，现在他已经飘浮在泥地上空了。

"哇哦，哇哦。来吧，普雷兹！"

我觉得我的双肩包不会有你的功效。我只是在里面装了些自己的东西。

"我的里面也是自己的东西啊。你看过说明书了吗？"

这只是个双肩包，没有什么说明书。

"所以你并没有看过说明书？"

没有，但是……

"卧倒。"

老实说，我觉得肯定不行。另外，我们不是应该去列清单了吗？

"你可以用我的剪刀，都是在剪刀的作用下完成的。"

于是我效仿着做了一遍。躺在地上，一只手抓住包带，抬起一只脚，然后抬起另一只脚，接着抓住另一根包带。就这样，我也飘了起来！

"把脑袋对准你要去的方向，然后……像青蛙一样踢腿！"

我梦见过自己会飞，但一般都是飞越屋顶，潜入云中。我从来没梦见过只离地半米不到，掠过泥地，在蒲公英中穿行的飞行。虽然我们的速度很快，可周围发生的一切仍然历历在目：毛毛虫正从泥土里抬起身子；蜈蚣和蜗牛在草叶间扭动着，它们的后背闪闪发光；一只蜘蛛在用网把树叶缝起来；露珠依偎在花瓣上，就像一个个电灯泡；闪光的花粉在我脑袋周围旋转，蜜蜂在我身旁嗡嗡飞舞。

接着水花四溅！

我们来到了水面上，继续高速平稳地移动着。

天哪，下面是水，万一掉下去怎么办？

"保持踢腿就没事。"

一个小小的浪头拍上了我的脸。有时阳光会穿透棕色的海水，你便能看到闪光的鱼儿，飘荡的海藻和一开一合的幽灵般的

水母。我们划出一道弧线，快速飞回岸上。绿意盎然的山丘脚下有一座红色的农舍，白色的房车就像羊群似的蜷缩在一起；山间主路上，汽车川流不息。

我真想喊出我的名字，或者只是"好棒！！！！"或者"快看我！！！！"或者别的什么。

我看了看史波尼克。

他仰着头，正在踢腿。

现在我们已经来到陆地上空，掠过了房车公厕附近的草地。

"缩腿！"

我把腿缩到胸前，结果突然翻了个身，背朝下平平地落在了地上，在我眼前只有一片空旷的蓝天。

哇哦！

"是不是觉得很热？"史波尼克问。

他这么一说，我才感觉到真的很热。

"你伸出舌头，马上就能凉快下来。"

于是我们便伸出了舌头，散散热。你别说，真的挺管用。

"我从那些狗的对话中还是学到了一两件事情的。"史波尼克说。

蓝天中散布着一团团白云，像风筝一样。

那朵云好像长颈鹿啊。那四片小的是腿，那片长的是脖子。

"哇哦！你是怎么做到的？一分钟前它还只是一团蓬松的蒸汽，居然马上就变成了一幅壮阔的动物图！太有才了。"

我什么也没做，我只是观察到了某些东西。以你的方式来看的话，云是不会变化的。那边那朵像一艘船，看见船帆了吗？
也可能是一支巨大的雪茄。

"哇哦！又来了。本来一点儿也不像雪茄的，但你一说，现
在它完全就是一支雪茄，就等着我过去抽上一口了。"

那么……这个可以写进清单里吗？

"可以！"他拿出红色记事本和一支铅笔，直接把"普雷兹
的云朵调节术"几个字写进了《地球指南册》里。

可我没有调节云朵，我只是以不同的方式去看它们罢
了——就像你在我眼中就是不同的，或者事物在莱卡的眼中变
得与众不同。她说的关于地球的事并不是错的，只是在她看来
是那样的。

"你说得对！"史波尼克说，"也就是说……"
他开始擦去刚才写下的内容。

你在干什么？

"如果并不存在'云朵调节术'，那就不能把它放进清单里。"

终于盼到一次把清单变长的机会，却又眼睁睁看着它变短，
这真可怕。

不能光把云写上去吗？

"云到处都有，木星上的红云有两个地球那么大。那不是云，
是大气层。不知道为什么大多数星球都没有大气层。当一个星球
有了可呼吸的气体，就像覆盖了一床羽绒被一样，你可以依偎在
里面——一切都会有所不同。想想看——可爱蓬松的云朵、雾、
微风，还有飓风——每天大气层里都有一场马戏表演在你的脑

袋周围旋转，多有趣啊。"他再次翻转了铅笔。

这一次，我觉得自己真的在拯救世界了。

"大气层。清单上第三条。现在我需要食物。"

嗯，我们回去吃早餐吧。

但是他以"找点儿东西吃"的实际行动表达了他想要的并不是厨房里的早餐。他一头冲进房车群中，然后……他咬了一辆房车。

他一口咬在左前轮上。

刚好咬穿，轮胎爆炸了，橡胶碎片漫天飞射开来，犹如一群惊慌失措的蝙蝠。史波尼克被爆炸的冲击波震开，像颗炮弹一样与我撞个正着。我们在草地上滚作一团。

你为什么那么做？为什么咬房车？

"最早一版的《地球指南册》里说这个星球上的一切东西都可以吃。记得吗？你可以吃这个星球上的任何东西。"

什么？不不不。只有食物能吃，并且，没有人会吃轮胎，从来没有。

"我还吃过更难吃的。好刺鼻啊，你想来一点儿吗？"

不要！我还以为你是来照顾我的。到目前为止，你在我面前扔了一个手榴弹，然后又用轮胎差点儿把我炸到天上去……你还让一个小孩砍倒大树，差点儿就砸中了我，还有……

"带你玩引力冲浪。拜托，那不是挺好的吗？"

……还有，要把我的整个星球收缩毁灭。

咣当！

我真的以为世界末日就这么来了。

失去了前轮的支撑，那辆房车侧塌了下去，就像一个老爷爷在电视机前面睡着了一样。门开了。一个女人出来查看发生了什么。一把椅子从她身后滚下来，差点把她撞倒在台阶上。

"地震了！"她大喊道，"是地震了吗？"

就算我再能说会道，也无法解释清楚这场爆炸、瘪掉的轮胎和坐在路上嚼着一大块橡胶的外星小狗之间的因果联系。

但我并不能说会道，于是我们跑了，头也不回地跑回了农场。

"妈妈"正在把奶牛从咕咕宫里带出来，赶回地里。她站在吊桥上，朝我挥挥手，问我带回来了没有。

带什么？

"鸡蛋。"

我完全忘记鸡蛋的事儿了。我低下头，紧紧闭上双眼，准备迎接一场暴风雨。

"瞧瞧你啊，脚上全是泥，头发也湿了，T恤也撕破了。你去哪儿了？是去鹰巢里找鸡蛋了吗？"

我不确定如果我说去玩引力冲浪了，她是否能够理解？

"天哪，普雷兹！你去商店了，是不是？你去伦布莱肯湾房车营地了，那儿有一个售货亭。我并不是要让你去买鸡蛋来着，我们从来不买鸡蛋，我的意思是让你去鸡窝里取些鸡蛋。"

哦。

"现在你想不想去取鸡蛋？雷会教你的。此后这就是你每天的任务了。"

这是她头一次给我安排了正式的任务。记住有事情要做，这感觉不错。就像和爷爷在一起的时候，我得记着要做的所有事情。

从鸡窝里取鸡蛋，你唯一要做的便是把手伸到母鸡身下，然后把它轻轻推开。必须非常温柔，非常平稳，这样她才不会发觉。雷向我演示了一遍。我有点儿紧张。

"别紧张。母鸡能感觉到你紧张，它就会想，我只是一只母鸡，所以他可能是因为别的什么感到紧张吧，比如……狐狸！这时一场鸡类浩劫就降临了，它会疯了似的跑出来，一边咯咯乱叫，一边使劲儿扑腾，搞得鸡毛满天飞。其他所有母鸡也会紧跟上它的步伐。你不会想看到那种画面的。所以，做个深呼吸，想想别的事情，然后……很好。"

我把手滑入了母鸡身下，摸到了一个光滑的鸡蛋，还是热的。当我摊开手心，只见那只鸡蛋上还粘着几根细小的羽毛。

"你这个最好！"我们端着一碗鸡蛋回到屋子里时，史波尼克说道，"那只鸡看起来像要爆炸了！我好喜欢它。母鸡能吃吗？"

"可以，但活着的时候不可以，明白吗？另外，有主人的也不能吃。"

"你打算把那些从它们那儿偷来的小圆球怎么办呢？"

鸡蛋？把它们吃掉。

"然后呢？"

首先得把它们煮熟，然后在厨房里吃掉。

"那鸡蛋是从哪儿来的呢？"

鸡下出来的，里面有小鸡。

"鸡蛋是鸡下的？"

是的。

"但是鸡蛋里面又有鸡？"

是的。

"所以说，鸡里面有蛋，蛋里面有鸡？这真是史上最神奇的事情了。"他继续盯着鸡蛋，"鸡中有蛋，蛋中有鸡。鸡真是一种神奇的鸟，就像一个长满羽毛的宇宙。"

老实说，我想所有的鸟儿都是这样的。

"什么？不会吧？那不可能。连鸭子也是这样吗？"

是的，连鸭子也是。

厨房内，雷打了几个鸡蛋在锅里。史波尼克悄悄溜过去观看。

你不该进厨房的。

"拜托！我必须得看看这个。也许这就是清单上的第四条。"

泰姬陵进不了清单，而鸡蛋却可以？

"让我们确认一下，好不好？"

我得承认，雷打进煎锅里的那几个鸡蛋看上去都很不错。亮黄色的蛋黄都圆滚滚的，煎制之后，蛋白都变成了乳白色。

"哇哦！"史波尼克说，"它们现在要变成小鸡了吗？"

不。我们要把它们放在吐司上吃掉。

雷在我面前放了一只盘子。"觉得怎么样？"他说。

这不但是我吃过的最好吃的鸡蛋，更算得上是最好吃的东西了。史波尼克看着我一块一块地吃进了嘴里。

"现在小鸡在你肚子里了？"他喘了一口气，"这太过分了。"

"看啊——史波尼克也想吃一个！"雷咧嘴笑道，"过来，史波尼克。"

雷在他面前放了一只盘子，里面有一个煎蛋。

"我不能吃，"史波尼克说，"这是个奇迹，是一种黄色毛茸茸的工程学。我非常尊敬它，没法把它吃下去。"他推开了盘子，然后说道："另外，闻起来真的好香啊。"

于是他狼吞虎咽地吃了三个煎蛋。

那天晚上，我坐在外面，史波尼克把鸡蛋写进清单，矮脚马在它们的马厩里嚼着干草，似乎在思考人生。

"我不知道该写哪个，"史波尼克说，"鸡还是鸡蛋？"

为什么不两个一起写上呢？越多越好啊。

往《地球指南册》清单里添加东西总是给人一种独特的感觉。

"到目前为止，我们有反光外套、潮汐、大气层、鸡和鸡蛋、你爷爷的口琴……"

是吗？

"你不觉得口琴很神奇吗？"

经你一吹就没什么好神奇的了。等你听到爷爷的演奏才会知道什么叫神奇。等我一回爷爷家，我们就会有大把的主意。所有的地图和东西都在那儿。

"你要回爷爷家了吗？"

当然。等他一搞定，我就回去。

这时，杰茜带了一些剩饭过来给史波尼克吃。

她把自己一半的晚饭都给你了。咱们好像不太厚道啊，你就不能对她说点儿什么，让她知道你不是狗吗？

当她放下食物时，史波尼克打了个滚，伸出舌头，让她挠了挠肚子。她很喜欢那样做，他也装作很享受的样子。

你到底明不明白，你这个行为简直无异于一只狗？

"她喜欢这样。"

但狗才会这样。你继续表现得那么像狗的话，我该如何才能告诉她你不是狗呢？

"我认为在未来的日子里，当我们拯救这个星球的时候，让人们以为我是一只狗会非常有用的。"

遮瑕膏

"这次轮到谁把盘子从洗碗机里拿出来？"

"普雷兹去哪儿了？他可以把食物拿出去给史波尼克。"

"嘘，我想听一下天气预报。"

"帮我找下魔杖！"

"我去给史波尼克送食物吧。"

"最好还是普雷兹去送，还能顺便取几个鸡蛋回来。"

"我想去送。"

"可是……"

"就由我去送吧，好吗？"

是杰茜，她说："史波尼克昨天晚上让我挠他的肚子了。我好不容易和他走到了一起，所以今后都应该由我来喂他。"

那时我正站在走廊里，还没有人注意到我。

"可普雷兹喜欢喂他，""妈妈"说，"而且这样对他有好处……"

"普雷兹只是临时的，"杰茜说，"他很快就要走了。史波尼克会永远待在这儿，他得习惯我。普雷兹只是在这儿度过一个夏天，史波尼克却是一辈子。"

我知道我只会待一阵子。我知道。也许连一个夏天都没有。因为如果爷爷把事情搞定了，我马上就可以走。我只是没有考虑到那意味着会把史波尼克留下，仅此而已。

"妈妈"看见我站在走廊里。她知道我听见了，但希望我没有。她表现得就像什么也没有发生似的，给了我一个大大的微笑，然后把史波尼克的碗递给我。"早上好，普雷兹，你和杰茜一块儿去给史波尼克送一下早饭，好吗？矮脚马也得赶出去了。对了，还有鸡蛋，拜托了。"

我让杰茜拿着碗。

她在史波尼克面前放下碗。史波尼克有点儿惊慌。

"你搞什么鬼？居然把女人带进来，我还没穿上短裙呢。还有，这是什么啊？"

吃的。

他看了一眼那团黏稠的狗粮，说道："我宁愿去咬房车，谢了。我自己进去做点伍斯特沙司配芝士吐司吧。"

你不可以进屋。

"那只是条规定。不过，你知道的，我很有魅力。"他把脑袋歪向一边，笑了笑。

"他还不饿，"杰茜说——这句话永远都不对，"史波尼克，想不想帮我们一起赶矮脚马？"

"矮脚马可以吃吗？"

不可以。

"什么你都说不能吃，我要自己去看看。"

杰茜打开马厩的门，滔滔不绝地说道："它们喜欢我的声音，听见我的声音就会很乖，很安静。它们不是我们家的，我们只是在照看它们。它们的主人住在柯库布里，他们会在周末和星期三晚上过来骑马。它们的名字叫作曼尼和加卢斯——我的意思是，这是矮脚马的名字，不是人的名字。进来吧。有时候会有点儿吓人，因为矮脚马很大，而马厩很小，不过我们需要做的只是套上马辔，就像这样。然后扣上缰绳，把它们带出来，沿着小路去地里。"

有时候矮脚马不想被套上马辔，于是使劲儿把头扭向一边。杰茜向我演示了如何调转马头。一只手拿一根胡萝卜，另一只手拿着马辔。矮脚马转头来吃胡萝卜时，你得在最后那一瞬间，迅速把手里的东西交换过来。你还是得让它们吃到那个胡萝卜。速度要快，得在它们生气前完成。

"其实它们并不在意。我喜欢取下缰绳的感觉。它们总是在地里冲来冲去，仿佛干什么迟到了一样，就像在追矮脚马公交车。下午你只需要拿一根胡萝卜走进地里，它们就会跑过来。再次给马辔扣上缰绳，它就会跟着你回到马厩。我想也许对矮脚马来说，胡萝卜具有某种催眠能力吧。"

史波尼克跟着我们走出院子，来到了田间小路上。我们正在打开通往地里的大门时，杰茜发现他不见了。"天哪，不！他去哪儿了？千万别再去牧场里吓牛啊。"我们给矮脚马们套上马辔，它们慢慢跑进了地里。"你去谷仓里找找。我去牧场里找。"

我沿着田间小路跑下去。我知道他既不会在谷仓里，也不会在牧场里，更不会在棚屋或者马场里。我清楚地知道史波尼克在哪儿：冰箱。

可他竟然不在那儿，屋里看起来没人。

那他去哪儿了呢？

"我在楼上。"

我总是很惊讶，到底史波尼克能在多远之外听见我的内心独白。如果我大喊大叫，他可能就听不见了吧。

你不可以上楼的，快下来。

"我躲在一个她永远不会来找的地方。"

哪里？

他在杰茜的房间里。

快出来，你太不乖了，他们干完活儿就会回来的。

"我正试图拯救你的星球呢。要是她找到我，就会把那东西套到我脖子上，企图带我去遛遛。每次我一听到'遛遛'这个词，就忍不住想拔枪。"

可这是她的房间，是个人隐私。

我连看都不想往里看，感觉很不应该。但史波尼克不愿意出来。他躺在她的床上，快速翻阅着一本书。

"你见过这个吗？"他把书翻了个面，这样我就能看见封面了。那是一本剪贴簿。正面用记号笔写着"杰茜和雷"，书名是⋯⋯《未来的狗》。

那是真正的个人隐私，她不希望我知道，快把它拿走。

但史波尼克根本不在乎什么个人隐私。他把整本书大声地朗读了一遍，还把照片拿出来给我看。我原以为《未来的狗》讲的应该是有超能力的狗，或者机器狗什么的。但并不是。第一页是一张牧羊犬的照片，照片下面说这只狗名叫布拉奇，它在斯特拉莫迪活了相当于人类的八十岁，然后去世了。

我们央求爸爸再养一只狗。他说总有一天，会再有一只狗走进我们生命中来的。狗就是这样。未来我们希望走进我们生命中来的，会是这样一些狗狗。

看啊！照片里那只狗戴的领结就是杰茜给你的那个。

"一个二手领结！一只死狗戴过的领结！真不敢相信。"

也许对她来说意义非凡。

书里的其他内容全是从网上打印出来的狗狗图片，分别有牧羊犬、拉布拉多、指示猎犬和猎狗。

后面还有一只黑白相间的狗，它穿着一件小棉夹克，坐在某种机器里。

"是她！这就是莱卡！"史波尼克说，"她在这儿干吗？"

莱卡是真的狗？

"她当然是真的，我把她的一切都告诉你了。看，这就是她乘坐的火箭，史波尼克二号。"

我知道，我只是没想到她会像历史书里的内容一样真实。

杰茜在照片下方写道：

　　莱卡

　　世界上最有名的狗

　　第一个绕地飞行的生物

　　第一个死在太空中的地球生物

"她没死！那是阴谋论。是我救了她。她讲述着关于地球的各种谎言，度过了一段美好的时光。"他翻过了这一页。有人画了一个方框，框下用很粗的马克笔写道"史波尼克（暂无照片），世界上最棒的狗"。字体和之前一样，但更加整洁、成熟。这些可能是杰茜最近才写上的，而其他那些则是多年以前的了。

她觉得你最棒。

"她说得没错，很有眼光。但把我所属的物种搞错了。"

嘘。

外面牧场里，奶牛哞哞叫了起来。院子里的门开了。有人在往水壶里灌水。一辆车开了进来，小鸡一阵骚动。有客人来了。

也许是我爷爷？也许他已经都搞定了，乘出租车接我来了。

"我不这样认为，"史波尼克向窗外看去，"是一个开大众汽车的女人。"

一定是"儿童之家"的罗兰夫人。

哦，好吧，完美。我应该做一个有用的人，应该管好你，

不能让你进屋的。而现在她来这儿时，你不仅在屋里，还在杰茜的房间里四处偷窥她的个人隐私。这下完蛋了。我们得赶快离开这儿……

"别害怕！史波尼克早有准备！"他拿起一管乳膏，朝杰茜的梳妆台走过去。

那是什么？

"隐形药膏。标签上说，经科学验证，它可以让你连续数小时隐形。"

那是遮瑕用的，是护肤霜，可以遮住粉刺，并不能隐形。

"你看说明书了吗？"

这不需要说明书。它就是面霜，可以抹到脸上，也可以擦掉，就这么简单。

"你从来不看说明书。'完全遮盖'，这里说的是，'百分之百有效'。"他已经开始往我脸上抹了。

住手。

"去照照镜子。"

我照了照镜子。我消失了，就连我的双肩包都一起消失了！

"现在到我了。"史波尼克说。

我帮他抹好遮瑕膏，然后我俩踮着脚来到了楼下。"妈妈"给罗兰夫人泡茶的时候，杰茜一直喋喋不休。

"爸爸总是一直开着收音机听新闻，他特别害怕错过什么。我不知道为什么，真不知道中东战争到底关他什么事。以前你根本不会知道那儿在打仗，直到战争结束了，有人把它制作成挂毯才会知道。你只需要听一些善良的修女做针线活儿的声音就可以了，而不用听收音机发出的嘈杂喧哗声……"

"我是来看看普雷兹过得怎么样的。"

罗兰夫人让杰茜闭上了嘴。"妈妈"说，她觉得我适应得不错。

"他说话了吗？"

"不怎么说，但是，你也看得出来，我们家的客人一般没什么机会说话。"

"他现在在吗？"

"我想他应该在干活儿吧。"雷说。他说这句话的时候，正直直地看着我。我就站在走廊里。"要不要我去把他找来？"

他真的看不见我。"百分之百有效。"隐形的史波尼克说道。

我们可以把遮瑕膏写进……？

126

"百分之百列入清单。"尽管我看不见，但我听得出他在笑。

终于又往清单里添加了点儿东西，我太开心了，以至于一开始我根本就没注意到他们在谈论史波尼克。

"问题是，"罗兰夫人说，"你从来没说过你们家养了狗。"

隐形的史波尼克用胳膊肘推了推我。"在说我呢，"他小声说道，"我是最棒的。我大概已经赢得了某种奖。"

"他是最近才来的，""妈妈"说，"他不知从哪儿突然冒了出来。我们在脸书上发布了信息，想着有人会来认领。他一定在某处有一个家，他是一只非常聪明的狗。"

"你们叫他史波尼克。"

"是的，你怎么知道的？"

"我在脸书上加你好友了，记得吗？那样保持联系好像挺方便的。不知道你看过评论没有。"

"没有，我还没看过呢。"

"有很多评论，并不是赞他多聪明，而是说他有多危险……"

"危险？史波尼克？你确定？"

"德米特里商店的老板，德米特里……"

"房车营地里的售货亭。"

"他说史波尼克无人监管，自己去了他店里，并且使用了暴力。"

"我们家史波尼克就像松糕一样柔软。"杰茜说。

"我像云一样温柔。"史波尼克认同道。

如果撇开你持枪抢劫不论的话。

"然后还有一位女士——也来自房车营地——说他咬了她的房车。"

"咬？"雷说，"房车？他咬房车干什么？"

"总之，他干净利落地咬穿了轮胎。她还以为是地震了。"

"他咬穿轮胎干什么？"

"我想要读懂任何狗的思想都是相当困难的，更不用说无人监管的流浪狗了。我们能认定的是，他的下颌骨显然非常有力，而且……"

"他很可爱。他让我挠他的肚子，还有很多别的事情。今天早上他还帮忙赶矮脚马了呢。"

"母鸡不怕他，""妈妈"说，"这通常是一个好迹象，能表明狗是否拥有冷静的性格。母鸡的判断总是很准。"

"但奶牛怕他。""爸爸"说。大家都朝他看去。

"虽然最后没什么事儿，但他确实把牛吓着了。"

"爸！"

"我只是说说而已。"

"可你为什么那么说？史波尼克是最棒的……"

"为了确认此事，"罗兰夫人，"我费尽周折，给在店里的德米特里打了电话。他确实说那只狗真的非常凶险。"

"他怎么凶险了？"

"德米特里没有透露细节，可他明显在发抖，他说那真是一次可怕的遭遇。"

我告诉过你不能持枪抢劫的。

"这一切都把我推向了两难的境地。我们在准备把普雷兹送来你们家住上一阵子·那时,根本不知道这儿有一只危险的狗……"

　　"可他真的不危险啊,千真万确,"杰茜说,"他很可爱。"

　　"……请先听我说完。如果当时我们知道这儿有一只危险的狗,那是绝对不会同意普雷兹过来的。"

　　"可这里是农场啊,""妈妈"说,"这儿有各种各样的动物。我们每年夏天都接待一个来自'儿童之家'的孩子。我们有差不多五十头奶牛、一头公牛,它才是危险的,如果方法不对的话。母鸡也会轻轻地啄你。你应该预见得到农场里会有很多动物,多一只狗又能有多少区别呢?"

　　"如果是你们家的狗,那就不一样了。你可以为他打包票。可这只狗是几天前突然出现在你们家门口的,你们并不完全了解他。要是这只狗攻击了普雷兹,那'儿童之家'是要承担责任的。"

　　"但是史波尼克很喜欢普雷兹,"杰茜央求道,"普雷兹也很喜欢史波尼克,他甚至还和他在外面一起睡了几夜。"

　　她说这句话时,"爸爸"皱起了眉头。"不是我们让他出去睡的,我们根本不知道他睡在外面,是他自己去的。"

　　"他们是最好的朋友,"杰茜说,"史波尼克喜欢普雷兹,不喜欢我们。"我能看出说这话时,她真的很受伤。"求你了,不要把史波尼克送走。"

　　"史波尼克和普雷兹,"罗兰夫人说,"恐怕他俩不能同时待在这儿。"

　　于是需要二选一了,是要我还是要史波尼克。

我相信杰茜会选史波尼克的，她想要一只狗。

　　他们都以为他是狗。

　　就像杰茜说的一样，我迟早是要走的，他们却可以永远地拥有这只狗。

　　"需要我们投票吗？""爸爸"说。

　　"当然不需要投票，"杰茜说，"我能去和史波尼克说声再见吗？"

　　显然，他们准备让史波尼克走，让我留下。

　　"真让人意外。"史波尼克说。

　　我也感到很意外。我想，如果事情与我所料不同，我应该感到高兴才对。

　　杰茜经过我们身边时，"爸爸"摸了摸她的头。她在哭。"爸爸"把她拉入怀中，紧紧抱住了她。

　　不过，她是无法在外面找到史波尼克的，因为我们已经逃走了。

便利贴

 我在斯特拉莫迪的所有时间里，都不曾放下我的双肩包，只是为了以防万一。现在这个时刻真的到来了，我不用整理行囊就可以直接出发。

 田间小路的尽头有一条马路，马路对面有一个公交车站。那只是一个刷成蓝色的木棚，上面贴着塘鹅和海豹的图片，里面有座位。我们躲了进去。里面干爽舒适。我幻想着自己可以住在那儿，直到爷爷来找我。可史波尼克提醒我，我们还要拯救地球呢。

 我有特拉奎尔花园家里的钥匙。

 我们可以回去躲在那儿。

 "那儿可以成为我们拯救地球的秘密司令部，"史波尼克说，"你有乘公交车的钱吗？"

 我完全忘记车票的事了。

 "别担心，我来教你如何实施一场简单的伏击。我们把公交车劫持下来，然后想去哪儿就去哪儿，根本不要钱。"

 我转过身准备回答他，这时才看到公交车站里还有一个人。

杰茜坐在长凳上。她直直地看着我，我从她的眼神中发现遮瑕膏已经失效了。"我就知道你会在这儿。"她说。

她怎么知道我们会来这儿？

"要不然你会去哪儿呢？如果史波尼克不能留下的话，我也不想继续待在这儿了。我知道你的感受也是这样。但是你无法从斯特拉莫迪跑走，这儿离任何地方都很远。如果你要走，那就得乘公交车。我们要去哪儿呢？"

我们？

"我猜猜看，邓弗里斯的老房子，不然你会去哪儿呢？太好了。我们就躲在那儿，直到你爷爷把事情搞定。我敢打赌他一定会让我们养史波尼克的。"

什么？为什么每次到头来我都得照顾别人？首先是爷爷，然后是你，现在又是杰茜。

"你长着一张好人脸。"史波尼克说。

她一定看出了我很烦躁，于是说道："你有车票吗？"

我耸耸肩表示没有。

她把手伸进口袋里，掏出一张揉成一团的五英镑钞票。"在集市日买了三头牛犊，用我过生日的钱，我自己把它们喂养大。上个礼拜卖掉了，这些钱都是我的了。你需要我，我就是钱。"

她说得对，我们不可能靠两条腿逃走。等了好久好久，公交车才来。我们乘坐它沿乡间小路蜿蜒前行，跨过一座桥，进入了柯库布里，然后在码头附近的停车场里停靠了一会儿。这时，杰茜的手机响了。

"是我妈。"她说着，拒绝了接听。

接下来几个小时里我们穿过丛林，经过一条大路，进入更茂密的丛林，走过了更多乡间小路。我认识的第一个地方便是进入邓弗里斯时，辅道上那个巨大的乐购超市。

从那儿开始便进城了。

杰茜扭头向窗外看去。"好多街道啊，"她说，"你怎么知道你家在哪一条呢？"

好像我忘了哪一条是我的街道似的。

但事实上，现在的邓弗里斯比我记忆中更为繁忙和嘈杂。斯特拉莫迪也有很多事情发生着，但全部只针对一件事——奶牛。给奶牛挤奶，接生，把它们赶进来，赶出去，以及买牛，卖牛。各种各样的事情同时在这儿或那儿发生着。小孩在玩耍，人们在购物，在清扫街道，在修桥。我们下车时，我紧握住杰茜的手，以确保她安全。

"松手，"她厉声道，"我又不是没进过城。"

哦。

"我来参加过农业展，以前比现在热闹多了。到处都是车子，还有拖拉机，还有一个骑骆驼的家伙。相比那时，现在真是太安静了。"

我们穿过人行天桥，经过罗比·伯恩斯中心，来到了特拉奎尔花园。我们家是四号。

只有当我们来到这儿时，我才意识到自己已经离开了多久。

我总是把特拉奎尔花园四号当作自己的家。可是，一个你多年未曾见过的地方，还能称之为家吗？

我上楼时，麦琪夫人正在她家窗口抽烟。她向我挥了挥手，问我爷爷近况如何。她仿佛很高兴见到我。这莫名其妙地让我感觉好多了，就像我真的要回家了一样。我把钥匙插入锁眼。钥匙进得去，但拧不动。我轻轻摇了摇，可还是拧不动。

"我能搞定。"史波尼克说着，解开了飞行头盔上的皮带。

求你别再搞爆炸了，也别用枪，别……

他不见了。

卫生间窗户轻轻地开了。他一跃而上，蠕动着钻了进去。片刻之后，我们便听到他朝门厅走过来，然后从里面打开了门。

"看见没，他真是一只聪明绝顶的狗。"杰茜说，"他们怎么能说他很暴力呢？"

要是你知道……

"这就是你以前住的地方吗？"我们一边进门，她一边问道。

不是的，我现在仍住在这儿，将来也会住在这儿，和史波尼克一起。

"我不这样认为。"史波尼克说。

很显然她不会读心术，也听不懂史波尼克说什么，于是她只是走了进去。

一切都变得不同了。以前门厅内贴有蓝色墙纸，现在墙上光秃秃的，旧墙纸曲卷着，随意地铺在地毯上。有人把它撕下来了。

客厅里的家具都没了，只有一摞纸箱堆在墙角。

我的房间里——床没了，地毯没了，书架没了，衣柜也没了。

"有点儿……"杰茜琢磨着合适的词，说道，"荒芜。你睡在哪儿呢？"

墙角立着一张崭新的床垫，还包着塑料膜呢。新床的组件还在纸箱里。

过去，爷爷的房间堆满了东西，你几乎挤不进去。现在，有一堆木头堆在窗下，我认出那是他的旧衣柜和桌子，但是被拆开了。他所有的杂物都塞在垃圾袋里堆在墙角。垃圾袋下面，我能看见一个包有金属角的木箱。爷爷的水手储物箱！我找到了他的水手储物箱。和垃圾堆在一起，那真不应该，我试着把它拽出来，杰茜走过来帮我。

"普雷兹，"她细语轻声地说，仿佛在担忧隔壁房间里可能有人，"你知道这儿发生了什么吗？已经有其他人要搬进来了，新的人，他们会把你们所有的东西都扔出去。那可不太好。"

是啊。这真不妙。

"普雷兹，你再也回不到这里了。"

我想打开箱子，可它锁住了。我猜爷爷有钥匙。我从包里拿出一沓便利贴和一支记号笔，写了一张注意事项，贴在水手储物箱上：

> 重要物品
>
> 这不是你的
>
> 是我们的
>
> 别动它

"便利贴？"杰茜说，"装在包里？噢，也就是说……卫生间里那些——也是你写的吗？你贴的？"

为了帮助爷爷恢复记忆，以前我常常往各种东西上贴便利贴。现在镜子上和卫生间马桶水箱上都还有几张。门背后也有，厨房里的最多。

> 吃早餐
>
> 刷牙
>
> 穿上裤子才能出门
>
> 检查裤子是否系紧

> 离开船上的厨房
>
> 没带钥匙不能弃船
>
> 睡在你的船舱里
>
> ——而不是卫生间里

"我从没见过自己提醒自己穿裤子的人。"

> 不要翻垃圾箱
>
> 你不在船上（你在邓弗
> 里斯的房子里）

"我从没见过有人需要告诉自己这是房子，不是船。你们住在这儿时真的很困惑吗，还是怎么回事？"

接着她发现了贴在房间门上的一张便利贴。那是我的一张证件照，上面贴着一张便利贴，写道：

> 这是普雷兹
>
> 他是你孙子，
>
> 不是你弟弟，
>
> 也不是你机舱的同事塞尔吉

"哦，现在我明白了，"杰茜说，"这些不是写给你自己看的，对吧？是写给你爷爷看的，为了帮他记住东西。天哪，他一定十分健忘。你会不会觉得……也许他只是从这儿搬走了，但是忘记了告诉你？"

她猜得牛头不对马嘴，我忍不住笑起来。她也哈哈大笑。

然后她来到前门，对还在窗口抽烟的麦琪夫人大喊："打扰一下，你知道梅洛斯老先生怎么了吗？他不会回来了吗？"

"桑迪？是的，桑迪再也不会回来了，小姑娘。普雷兹会告诉你的，警察把他带走了。"

"警察？"

"是啊，开警车来的。他们开车把他带走了，早就该那样做了。"

奇怪的是，那天发生的一切我都不记得了。现在听她一说，我全记起来了。警笛。一位女警官。我正在纠结是应该逃跑还是藏起来。当然，他们把他关进了监狱！那时，他正在痛骂电视。不知怎么地，他走进了麦琪夫人的家，开始对着她家的电视大喊大叫。她让他别叫，但他说："对不起，我老糊涂了。要不要我教你飞快地切胡萝卜？请睁大你的眼睛。"

他刚从上衣口袋里掏出他的小菜刀（他总是把刀放在那儿），麦琪夫人便大喊道："我的上帝啊，他有刀！"然后麦琪夫人报了警。

他们把爷爷关起来了，一定是这样，我怎么会忘了这事呢？

他再也回不来了。

看看这套房子。

我已经无家可归了。

"所以你爷爷在监狱里？你不知道吗？"

"不，"我说，"我知道，我只是忘了。"就这样，突然之间，我开始说话了。

我把他的一切都告诉了杰茜。一开始只是在一些小事上健

138

忘，比如泡茶的时候忘记把茶包放进去，或者忘记了今天是星期几，现在是早上还是晚上。

"后来他花很长时间出去散步，而且都在不同的时间出门。我以为他只是出去走走，你知道的，我并不知道他在干什么。但后来我在卫生间里发现了一张潮汐时刻表，涨潮的时间下面都划了重点。我终于弄明白他在干什么了。他每天都在涨潮的时间出门。于是我在厨房墙上贴了一张潮汐时刻表，每天快要到涨潮时间时，我就会说：'好了，爷爷，该去看看有没有船进港了。'但是从来都没有船进港，因为尼斯河上根本没有船。但他还是很喜欢散步。我们会走到人行天桥上，我会说：'哎呀，爷爷，我们刚刚错过了船！'然后他会说：'没关系。'接着给我讲一个他的航海故事。"

"万一你在学校怎么办呢？"

"哎，那是最糟糕的。他第一次往我学校打电话时，我还没那么苦恼。他说停电了，我得马上回去，可能是发动机出了故障。我一签完到就溜了出去。等我到家时，他说：'进来吧，快进来。真的好黑。'"

"'那是因为你没把窗帘拉开。'我说。我在墙上摸索着，找到了电灯开关。我摁了一下，所有的灯都亮了。"

"'真麻利，水手，'他说，'你真是港口里最棒的电工。你有名片吗？'"

"'爷爷，是我，普雷兹。'他完全忘记我是谁了。"

"那一定很难受。"杰茜说。

"他依然动不动就给我打电话，"我说，"有一次课间休息时他又给我打电话，说：'是电工吗？'我说：'不是，我是你孙子。'他说：'他们要杀我。'"

"'谁要杀你？你在哪儿？'"

"'不知道。我迷路了。'"

"'你不知道自己在哪儿，我怎么才能找到你呢？'"

"然而他说：'这是遇险信号。救我，救我。'电话开始'哔哔'地响。我想他应该是在用按键输入摩斯密码。"

"我忍不住大喊起来：'你要是有危险，就应该报警，而不是找电工。'"

"'他们要杀我，用电杀我。'"

"我必须让他描述清楚所在位置。刚刚过了霍姆贝斯的那条辅道中间有个隔离带，原来他卡在了那儿。"

"我说：'他们不是要杀你，爷爷，他们只是开着车从你身边经过而已。他们压根儿没想到有一个老水手会在附近徘徊，更别提杀你了。'于是我过去找到了他。"

"他从来不扔东西，床上总是堆得满满的。房间里也塞满了各种东西。杂志全都互相交错叠在一起。墙边有一堆纸箱，上面用记号笔写着诸如'鞋子''地图''回忆'，还有——这个有点儿奇怪——'牙齿'。"

"'我老糊涂了，'爷爷说，'分不清什么重要，什么不重要。所以我就全都留下来了。'他向四周看了看。'真正重要的东西我放进水手储物箱里了，可是……'他继续环顾四周，'我不知道水手储物箱去哪儿了。'他看着我。'普雷兹，'他说，'我好害怕随波逐流。'"

"我会说：'别担心，爷爷，我掌着舵呢。就像遇见冰山的那夜你做的那样。'"

"他会说：'至少叫他们别把我送到香格里拉，好吗？'"

"我不知道他说的是什么。也许那时我就应该打电话寻求帮助了，可我担心他们会把他带走。于是我继续为他打掩护。后来，总之，他们还是把他带走了。"

这是许多年来，我第一次说这么多话。也有可能是我这辈子的第一次。这绝对是我说过的最让人悲伤的事情。所以你应该明白，当我抬起头看见杰茜在偷笑时，我有那么点儿惊讶。

"你笑什么？"

"你的口音。"

"我的口音怎么了？"

"听起来就像个普通人，和本地人一样。"

"我就是个普通的本地人啊。"

"是啊，但是……我们以为你不是。你从来不说话，所以，你懂的，有一种神秘感。除了说西班牙语那次。我们还以为也许你是西班牙人呢，或者墨西哥人。还有，你很擅长和动物相处。"

"我擅长和动物相处？真的吗？"

"是啊！大部分'儿童之家'的孩子，看见奶牛就躲到一英里外去了。你还在那儿清洗了牛乳房，捡了鸡蛋。你有一种天赋，甚至连惊慌失措的奶牛你也能安抚下来。"

"实际上那是我干的。"史波尼克说，他正在一半墙壁被覆盖了卷曲旧墙纸的房间里闲晃。

"当然，还有这只狗，"杰茜说，"这只狗好像明白你说的每一个字……"

"他一个字也没说。"史波尼克说。

"……或者，至少是你没有说出口的每一个字。"杰茜说。

此刻，我们进入了我的房间。或者说，我从前的房间。我试图在脑海里把一切拼凑成原来的模样。衣柜。我有一个月亮造型的灯罩，它去哪儿了？我还有许多照片，怎么有人能随便拿走你的照片呢？仿佛一枚炸弹在那儿爆炸了，仿佛一枚炸弹把我曾经拥有的一切都炸飞了。

"普雷兹，"杰茜说，"这儿再也不是你的家了。我们也许根本就不应该来这儿，我们得走了。"

她的手机上已经有来自"妈妈"的十三个未接来电。

于是我们回到了农场，好像也并不是无处可去。

7 月 31 日——圣彼得的夏季盛宴

我们回到农场时已经很晚了。走上田间小路时，天已经差不多黑了。他们显然知道我们想要逃跑，可他们什么也没说，只是端来了茶水。

"我们一直在考虑怎么处理这件事才是对史波尼克最好的，""妈妈"说，"也是对我们每个人来说最好的办法。我们决定，不把史波尼克送到动物救助站了。"

"耶！"杰茜高呼道，"所以史波尼克会继续留在这儿对吗？"

"呃，不完全是。我们会把他送走，但那儿不是很远。麦克瑞明一家会过来把他带走。"

麦克瑞明一家就是矮脚马的主人。

"麦克瑞明一家？他们家应有尽有了。他们有蹦床！而且已经养了好几只狗，他们家的狗已经够多了。"

"那史波尼克就会有很多小伙伴，这样对他来说很好。"

"他们住在城里，狗住在城里有什么好的？"

"他们就住在柯库布里，""妈妈"说，"就在那条路上，你随时都可以见到史波尼克。"

"这个星期天他们会到干草地来，到时候就会把他交给他们。"

干草地不仅仅是一块铺满了干草的地，而是一件大事。"从前，""爸爸"说，"打干草那天，地里会聚集很多人，大家边唱边笑。等活儿干完了，农夫的妻子就会端一大壶茶到地里来。现在，地里一个人都没有，都已经机械化了。也没人去割草晒干，因为大袋大袋的青贮饲料都已经准备好了。"

"但是我们还在延续着干草地盛宴的传统。我们的教堂在柯库布里。每年我都会去洼地里割草，这时教区里所有的人都会过来，房车营地里的人也会过来。我们会用干草垛堆出一座城堡。还有赛跑、信号旗和各种摊位。这一切都是为了做好事，我们称之为'圣彼得的盛宴'。你会喜欢它的，你说是不是，杰茜？"

"你要把史波尼克送走。"杰茜说。

"是的，但不是……"

"你要把史波尼克送走。"

"并不是很远。不像……"

"你要把史波尼克送走。说啊。"

"我要把史波尼克送走。"

盛宴那天早上，我捡了鸡蛋，然后去马厩里看史波尼克。可他不在那儿，也不在厨房或者门厅里。屋子里什么也没有，只有布莱思一家在大喊大叫：

"快点儿！"

"我们得在别人过来之前把那边准备好。"

"别等我了，你们先去吧。"

"不行，你现在就得去，你还有活儿要干呢。"

"我还没准备好呢。"

"需要做准备的不是你，而是干草地。"

"安娜贝尔哪儿去了？"

"我们在这儿！"

安娜贝尔现身楼梯顶端。

杰茜站在她身边。

史波尼克在她俩身后。

"我的天哪——你们到底把那只可怜的狗怎么了？"

"帮他打扮了一下！"安娜贝尔高呼。

"如果他要离开我们，"杰茜说，"也得离开得有模有样。"

史波尼克不再戴着那个飞行头盔了。他的头发变卷了，厚厚的鬈发顶在他的脑袋上。更多发卷堆积起来，就像一顶巨大的头发王冠，最后全部用丝带扎在一起。三个蝴蝶结，闪闪发亮。

"你们用卷发棒烫了狗毛？"

"卷卷惹人爱！"安娜贝尔卖着萌说道。

"天哪，请告诉我……不是……真的……你们没有……"蝴蝶结并不是他身上唯一一闪闪发亮的东西。"你们还给他涂了指甲？"

"亮晶晶多可爱！"安娜贝尔说。

"非常引人注目，"雷说，"但不合时宜。"

"纯粹是虐待。可怜的东西。"

"我们先把蝴蝶结拿掉吧。"

"爸爸"伸手去解蝴蝶结。史波尼克却把他推开，制止了他。

"他很喜欢！"安娜贝尔高呼。

"谁也休想——"史波尼克咆哮道，"——碰我的蝴蝶结。"

"他全都喜欢！"

"我，"史波尼克说，"看起来帅呆了。"

"爸爸"把一辆装满一捆捆干草的木制拖车挂在拖拉机后面。我们爬上去，坐在干草中间，拖拉机载着我们来到了洼地。那儿有一些旗子和一顶帐篷，还有一张长木桌和一堆椅子。

"现在我们得把桌子收拾得漂亮一些。"

"所有人都盯着这只狗。"

"我们得为赛跑画一条终点线。"

"拿扩音器的那个人哪儿去了？"

"能不能至少把指甲油擦掉？"

"麦克瑞明一家正在最远处骑矮脚马，所以干草城堡应该建在这儿。"

他们好像全都知道自己要做什么，毕竟每年都要举办一次。他们是一个团队，只留下了我、安娜贝尔、史波尼克，还有一大车干草。

我们不能让他们把你送走。

"完全正确，"史波尼克说，"否则你的小星球很快就会变得更小。"

你就不能直接告诉他们你不是狗吗？

"那并不取决于我，而是取决于他们自己。我只能继续棒棒哒，希望有人会发现吧。来吧。"他向上一跃，跳进拖车，背靠在一捆干草上。

"加油！继续向上！别让它碰到地面。找到引力流，让它飘起来。"那捆干草并没有掉下拖车，而是轻轻地飘向地面，就像一个漏气的派对气球一样。你可以轻轻地拍它，用手一碰就可以随意把它推向任意一个方向，用膝盖轻轻一顶就可以让它飞得更高。

"史波尼克会魔法！"安娜贝尔大叫道。

很快我们就开始了系统化的操作。史波尼克让一捆捆干草陆续从拖车上飘起来，我一边顶，一边拍，指引它们飘过去，最后降落在正确的地方。很快我便发现了如何把一个落在另一个上面，然后在顶上再叠加一个。这样我们就能建起很高的墙了。这就像是在赶充满了氦气的羊。我们越堆越高，越堆越高。

"差不多快搞定了！"史波尼克喊道，这时又一捆干草飘了过去。我把安娜贝尔抱起来，把她放在飞行中的干草上面。我把这捆干草向城堡顶部送过去，她一直不停地又笑又叫。

"最后一捆了！"史波尼克说。我自己跳上了那捆干草，用脚来控制方向，就和玩儿滑板一样。我们乘坐着飘浮的干草垛，围绕干草城堡的城垛，彼此追逐着，然后穿过香气四溢的围墙，降落在地面上。这时，我抬头一看，发现我们已经完成了。

史波尼克！它是斜的！

"本来就应该是这样。你建了一个干草斜塔。"

那它能保持多久？

"和比萨斜塔一样久。"

"怎么……什么……那是怎么弄的？"雷回来了。他目不转睛地盯着城堡。"不是你干的，对吧？不是你一个人干的。是谁帮了你？"

"会魔法的史波尼克。"安娜贝尔诚实地说道。

"妈妈！爸爸！快来看看普雷兹干了什么啊！"

"真是有史以来最好的。"

"可是到底怎么……"

"会魔法的史波尼克。"

"哇！"

活动开始了。有拖拉机拔河比赛，有一个摊位是钓鱼游戏，还有一个用球击倒椰子的游戏摊位。有个人带着两只宠物猫头鹰。骑驴赛跑，还有一辆汉堡车。

还有一场狗狗表演赛。

杰茜想给史波尼克报名，但史波尼克自己给自己报了名。他走到诸位裁判面前，歪着头看着他们。

"噢，你太可爱了！"一位身着套头毛衣的裁判说道。他的毛衣上有数百只在作揖的狗狗。

"什么品种？"穿粗花呢外套的一位裁判问道。

"探险家。"史波尼克说。

"主要血统应该是猎狗，我们觉得。"杰茜说。

"天才。"史波尼克说。

"但是也混了一点儿牧羊犬。"杰茜说。

"还有飞行员，"史波尼克说，"大概是最伟大的飞行员。"

"那我就填'不确定'了，"第一位裁判说完舔了舔铅笔的末端，"年龄？"

"大约十亿岁吧，"史波尼克说，"误差正负一两百万年。"

"八岁。"杰茜说。

"我说的是按地球上狗的纪年计算，"史波尼克说，"虽然我不是狗。"

"他有什么特长吗？"

史波尼克的特长犹如一幅画卷般在我脑海中慢慢展开——引力冲浪、抢劫商店，他最惊人的特长就是能从说明书中得到最大的收获。

"特别擅长找电视遥控器，"杰茜说。

"有什么注释吗？"那位裁判问道。

如果问的是我，我一定会说："不是真狗。"

参加狗狗表演赛，但你其实并不是狗，这毫无疑问是作弊。

"你真是死脑筋，"史波尼克笑道，"如果人们坚持认为我是狗，他们至少能给我颁个奖吧。"

史波尼克和其他狗来到比赛起点时，大家报以热烈的掌声。其中一只狗是费加罗，史波尼克和他说了句"你好"，但他并未回应。穿狗狗毛衣的那位裁判说道："第一个项目是，捡棍子比赛，限时一分钟。主人们，请拿上棍子……"他把棍子分发给大家。杰茜拿着棍子在史波尼克的脸前面上下移动着。

史波尼克看着我说："这一关我不参加了。"

杰茜会很伤心的。为了她，去吧。

"准备……开始！"

主人们扔出棍子，狗狗们拼命追过去。主人们再次扔出棍子。

"去啊，史波尼克，去啊！去捡回来！"杰茜的喊声愈来愈绝望了。

"我之前就说过，现在我再说一遍，"史波尼克说，"史波尼克决不捡棍子。"

"史波尼克！"杰茜号叫道。人们哈哈笑了起来。她羞红了脸，泪水在她眼眶里打转。

还有另一只狗也不怎么会捡棍子，那是一种迷你腊肠犬。有没有叫"鸡尾腊肠犬"的东西呢？总的来说，它个头儿太小了，没法把棍子叼起来，但它主人的身形截然相反。那是两个身材魁梧，留着短寸的小伙子，穿着电视剧《南方女王》里的上衣。其中一人把手指放进口中，吹出一记响亮的口哨，差点儿没钻破我的耳膜。这引起了所有人的注意，除了那只鸡尾腊肠犬，它躺倒在地，打了个滚。

"他怎么发出那个声音的？"史波尼克看着杰茜问道。

"拜托，史波尼克，求你了。"杰茜央求道。

我猜人们眼中的史波尼克一定是只非常不服从命令的狗。但我不知道接下来他们看到的是什么。总之，他们一定会非常震惊。

史波尼克把手指放进口中，噘起嘴，吹出一声又响又长的口哨。我不知道别人看见的是什么，可我知道他们都听见了。他们听见一只狗吹响的口哨声。

其他狗纷纷停下来，不再捡棍子。

主人们也纷纷愣住，不再扔棍子。

所有人都盯着史波尼克。

他又吹了一次口哨。

"我喜欢这招。"他说。

"真不可思议。"裁判说，接着他问杰茜怎么教会他吹口哨的。

杰茜耸耸肩："他是只很聪明的狗。"

"我只是喜欢学习新的技巧。"史波尼克说。

"超级震惊，"裁判说，"但他一根棍子也没捡，所以这一轮他输了。"

费加罗赢得了捡棍子比赛的第一名。一分钟内他一共捡了十次。

“你太让我失望了，费加罗，”史波尼克说，“你的奴性根深蒂固。”

费加罗呜咽起来。

“别装可怜。我知道你听得懂我说什么。”

接下来是障碍赛。狗狗们需要跑上一个短坡，跳起来穿过一个铁圈，然后通过一个小隧道，捡起一个小布袋，最后跑回主人身边。

这次他们使用了发令枪。史波尼克对枪很感兴趣，但是对开始比赛完全没有兴趣。不过，他还是尝到了掌声的滋味，当他看到障碍赛上的铁圈时……呃，我只能说……

那成了他的呼啦圈。

所有人都疯了，就连比赛中的狗狗们也都震惊了。

“狗不可能会这样，”那个魁梧的小伙子说道，“那怎么可能是狗呢？”

这是我第一次听见有人猜测史波尼克并不是狗。于是我很感兴趣。

“他当然是狗。”他的同伴说。

“狗不会转呼啦圈，所以他不是狗。”

“那他是什么？”

“机器人？”

“他当然不是机器人。你瞧，他还涂着指甲油呢。”

“我不知道他是什么，但我知道他的主人是个骗子。”

“史波尼克真是相当有天赋，”穿套头毛衣的那位裁判说道，

"但很遗憾，我们必须取消他的比赛资格，因为他并没有完成比赛。同时，他还分散了其他狗的注意力。这实在是没有运动精神。"

"因为它是个邪恶的机器人。"魁梧小伙赞同道。

于是史波尼克没有赢。

"第一名是耶斯先生和埃德·阿姆斯特朗先生家的，可爱的小腊肠犬。"

"太棒了！"魁梧小伙尖叫道（他便是耶斯），裁判给他们颁了奖——一个小小的银蛋奖杯和一大杯羊杂碎布丁。

"太棒了！"另一个人尖叫道，他高高举起羊杂碎布丁，仿佛那是大力神杯一样。接着他俩便一人握住小奖杯的一个把手，开始一边绕场奔跑，一边有节奏地喊着"冠军"。

我远远地向"爸爸"望去。他正在同麦克瑞明先生交谈。我深切地知道，吹口哨和转呼啦圈并不能让史波尼克留在斯特拉莫迪。于是我回到了干草斜塔那儿。

我坐在飘浮的干草垛上，在塔尖处飘来荡去，看着远处欢快的画面。我看见许多人大惊小怪地围着史波尼克和杰茜。但我真正在看的，是"爸爸"和麦克瑞明先生之间的谈话。麦克瑞明先生一直在点头，他和"爸爸"握了握手，然后他做了件可怕的事情，他弯下腰，抱起了史波尼克，把他夹在胳膊下，带着他走开了。

我看见史波尼克的脚一直在乱蹬，仿佛想要游出来似的。我听见他在大喊，但听不清他喊的是什么。我只清晰地听见了这个词："普雷兹！"

就在他开始叫喊的瞬间，我身下的草垛突然掉了下去。我在一场稻草雨中摔落在地面上。当我抬起头时，安娜贝尔正低头看着我，她拉着我的衣服，喊道：“史波尼克走了！史波尼克走了！”雷跑了过来。他把她抱起来，可她仍然叫道：“我要史波尼克！我现在就要史波尼克回来！”

“你没事，挺好的，你没有受伤，只是摔了一跤。你没事吧，普雷兹？”

我一动不动。

“我要史波尼克！”

“嘘，安娜贝尔。普雷兹，你没事吧？”

我躺在干草废墟中，就像躺在一个支离破碎的鸟巢中一样。我脑海中全是那个人把史波尼克带走时，他的腿在空气中疯狂乱蹬的画面。我再也无法坐在干草垛上飞行了，也不能用我的双肩包掠过海面了。再也不会了。

当一切收拾妥当之后，“爸爸”“妈妈”把所有的钱都数好，放进了一个装饼干的铁盒里。“爸爸”说：“给你们点个大大的赞。你们为国际科学基金会筹集了两千多英镑。”

但没人附和。

“你们为创造更美好的世界做出了贡献。香肠派摊位上剩余的香肠和派还可以做下午茶点。”

这个世界！我为史波尼克感到如此伤心，以至于都忘了拯救这个世界的事儿了。现在我如何才能和他一起拯救世界呢？

我尝试放大自己的内心独白，希望他能听见，尽管他与我之间已远隔两座大山和一条大河。我使劲聆听着某种来自他的信号。

除了刀叉敲击盘子发出的叮当声响外，我什么也没有听见。没人说话，就像坐在桌前的一家人全是普雷兹一样。

突然，杰茜砰的一声扔下叉子，说道："我觉得普雷兹不应该走。"

所有人都盯着她，我是最吃惊的那个。我以为她在为史波尼克感到难过，而不是我。

"杰茜……""妈妈"说。

"这不公平！普雷兹没有地方可去，只能暂时回到'儿童之家'，他不能永远都是暂时的，总该有个常住的地方。他就不能在这儿常住吗？"

"听我说，杰茜，你知道那不是我们能做的。他们来这儿只是度过一个夏天。他们度过了一段愉快的时光。然后祝愿他们能找到一个好地方。这些你都知道的。"

我向杰茜微微一笑，想让她知道我并不是在担忧回到"儿童之家"。我没法告诉她真相……我更担心的是我们赖以生存的这个星球也是暂时的。

电视遥控器

　　一阵刺耳的口哨声穿过农舍厚重的墙壁，透过卧室的房门，渗入蒙住我脑袋的羽绒被，钻进了我的耳朵。我知道那是史波尼克。

　　我溜下楼去，刚打开厨房门，他已经站在那儿等我了，他的手指还含在口中，正准备再次吹响口哨。

　　别吹了！你会把全家人都吵醒的。

　　他试图推开我，进入厨房。

　　你不应该来这儿，你应该在柯库布里啊，你来这儿干什么？

　　他从他的苏格兰毛皮袋中拿出两个还带着体温的鸡蛋，咧嘴笑道："是这两个坏孩子带我来的。让我们来一场午夜盛宴吧。"

　　很显然他并不会自己动手煎蛋，那是我的活儿。他蜷缩在沙发上，打开了电视，但是没有节目，只是一片雪花屏，伴随着嘶嘶的电波声。"你知道这是什么吗？"史波尼克问道。

　　好大声啊，太大声了。

　　我四处搜寻着遥控器。

　　"那是背景辐射的声音，那是宇宙形成之初的声音，通过你们的电视到达了这里。这让我想起了很久很久以前，整个宇宙只有一颗豆子那么大。你可以把它放在口袋里，随身揣着它。然后我们就迎来了大爆炸理论，它变得越来越大，越来越大，现在你需要用尽所有的力量才能从这头去到那头了。你在干什么？"

按静音键。会把大家都吵醒的。你想配吐司一起吃吗？

"声音消失时，我还以为我突然聋了呢。让我看看那个，嗯，史波尼克要吐司。"

我们没多少时间了，天亮后他们就会把你送走的，我们只剩下今天晚上可以拯救世界了。

"所以我们需要给大脑补充燃料啊。我要吐司。"

也许你以为告诉他拯救世界的时间只剩下一个晚上了，就能引起他的重视，可史波尼克仍然在玩遥控器——快速地换台——这些画面一闪而过：警匪追逐战，有人在卖跑步机，一艘船正在破冰航行。"我好喜欢这个。它还能干些什么？"

现在先别管它了，想想清单吧。

但他找到了暂停键，并且定格了一个在吃早餐麦片的女人，那画面十分滑稽。

别闹了，我们得接着想了。

"这个可以让它全部变快，看啊！"一个快进的在用吸尘器吸地毯的人，比一个定格的吃早餐的女人更加滑稽。

他按下倒放键时的反应，我简直无法描述。我还以为他就要死了。

"它还能遥控什么东西？"

只有电视。

"怎么会，怎么会有人费尽心机制造一个那么牛的东西，却只对电视有效？别碰那个鸡蛋！"

我手上正拿着第二个蛋。他把遥控器对准鸡蛋，按下了快进键。我差点儿就把鸡蛋掉到地上。鸡蛋突然在我手中颤抖起来，然后顶上裂开了一条缝，紧接着裂缝犹如涂鸦般迅速布满了整个鸡蛋。这时，其中一块裂片被举了起来，就像一道微型门似的，一只小鸡的喙从那儿啄了出来。小鸡用它的后脑勺顶开蛋壳，然后四下张望着。它毛茸茸的，颜色和蛋黄一样。它吱吱叫起来，这是我听过的最弱不禁风、最尖厉的叽叽叫了。它真的就在说："叽叽！"就好像绘本里的小鸡一样。真不敢相信我竟然要把它烧熟。

"哈哈！太牛了！"史波尼克哈哈大笑。接着他按下了倒放键。小鸡钻进鸡蛋里，把蛋壳拉了回去，仿佛那是一扇活动板门似的。蛋壳上涂鸦般的裂缝被擦除了。片刻之后鸡蛋又变回了完整的一个，没有一个裂缝，也完全不再颤抖。

"继续吧，"史波尼克说，"去煎了它。"

现在我煎不了这个蛋了。它是个奇迹，是一种黄色毛茸茸的工程学，我非常尊敬它，没法把它吃下去。

"是你说鸡蛋里面有小鸡。"

是的，但不是刚才我看到的那种小鸡，不是刚才我听到的会叽叽叽叽叫的小鸡。

史波尼克雀跃地想要尝试电视遥控器的其他可能性，顾不上再与我争论鸡蛋的事儿了。他瞄准的下一个物体是厨房窗台上的蝌蚪罐子。

不，不，不行！别那样做。那是安娜贝尔的。

但他根本不听。罐子里有一团云雾似的蝌蚪在水中快速游动着。当史波尼克按下快进键，它们的尾巴缩回到了身体里，小手小脚快速成型，脚趾伸展开来，身体纷纷膨胀起来。成年青蛙们爬进了房间，扑通扑通地在地毯上跳来跳去。它们呱呱地叫着，就像一个湿淋淋的巨人在打嗝似的。

"哇哦！我没想到会这样，"史波尼克高呼道，"我以为它们只是会游得更快一点儿呢。从没想过竟然会变成另外一种东西！太神奇了。这儿的一切都会这样吗？如果我把你快进了，你会不会变成斑马或者别的什么？"

他将遥控器对准了我。

别乱来！你会把大家都吵醒的。你根本不应该来这儿，更不应该这样做。

"别操心了，我只要按下静音键就可以了。"呱呱叫声戛然而止。说真的，这真的很有意思，一群青蛙蹲坐在厨房地毯上，嘴巴一张一合，却完全没有发出任何声音。

"我们出去吧，我想倒放一下奶牛试试看。"

不，不行。对奶牛绝对无效。

可它有效。

静音的青蛙很有意思，但在月光下飞速倒退的奶牛更吸引人。我把其他一切事情都忘了，只知道开怀大笑，就连即将到来的世界末日也忘得一干二净。

可以把电视遥控器写进清单吗？

"放在第一条，作为星球卖点，"史波尼克高呼道，接着他又示意我安静，"别说话，安静，否则我把你静音了。快看。"厨房里有一束光在移动。有人。

现在我们有麻烦了，我想。

史波尼克，快藏到棚屋去，或者别的什么东西里。

可他并没有藏进棚屋里去，反而径直朝厨房走了过去。

不要，史波尼克。如果他们发现了你……

他轻轻地打开了厨房门。

别进去，你脚上全是泥。

他哧溜一下就进去了，然后朝我招招手，示意我跟上。

"嘘！"

我又没说话。

但有人在说话，或者说在咕哝，而且拖着脚走来走去，还不开灯。

"有手电吗？"史波尼克低语道，这时我已溜进门内，来到了他身后。

门背后挂着一个。

"去拿来。"

我伸手去拿手电。有人窃窃私语道："什么声音？"

另一个人非常小声地回答"不知道"。"动作快一点儿，马上我们就能离开这儿了。"

史波尼克说："用手电照他们，普雷兹。"

我打开手电照了过去，那两个人立刻暴露无遗，他们眯着眼睛眯着手电光，原来是耶斯和埃德，干草地盛宴里的那两个壮小伙儿。这一次和他们在一起的并不是那只小狗，而是装满了现金的饼干盒。

耶斯挪至黑暗中，瞪着我说道："闭上你的嘴。"

从来没人对我说过这样的话。

因为我从不张口。

"耶斯，"埃德窃窃私语道，"你看地上。"

我朝地上一照。好像这么做比较有礼貌。只见无数青蛙金黄色的眼睛亮如明珠，一闪一闪地，好似一张由迷你探照灯组成的地毯一样。青蛙的嘴巴一张一合，一合一张，但完全没有发出任何声音，或者说——首先是这两个壮小伙儿的嘴巴一张一合，却没有发出声音。

"这是什么东西？"

"青蛙。"

"它们的嘴巴是怎么回事？快让它们停下，太吓人了。"

"当然可以，只要轻轻一按……"史波尼克将遥控器对准青蛙，按下了取消静音键，房间里响起了上百只迷茫的青蛙发出的呱呱叫声。

"你会把整个农场都吵醒的。我们快走吧。"

"怎么走？我们被包围了。"

"踩着它们过去就好了，只不过是些青蛙而已。"

"我做不到，它们太黏滑了。"埃德看上去好像就要哭了。

"我们已经拿到钱了，快走。"

"这个，"史波尼克说着便跳上沙发，安逸地躺进了抱枕堆里，"比电视好看多了。"

两个壮小伙儿试图从满地的小青蛙中间寻出路来，这样的画面着实有趣。

"你是在笑我们吗，小鬼？"

也许吧，现在我已记不清了。我只记得大块头耶斯那张怒气冲天、狰狞的脸。他想办法朝我走了过来，手里攥着那个饼干盒，马上就要用它打破我的脑袋。

我用手护住脸。

我想要闪避。

也想要叫救命。

可什么也没有发生。

当我终于有勇气一窥究竟时，他竟然还在我头顶上，但是一动不动，不会眨眼，也不会呼吸，就像一尊雕像一样静止了。不，不是雕像，因为他看起来就像暂停了的像素点一样闪烁着微光。我摸了摸他，我的手直接穿过了他的身体。但是……

"你对耶斯做了什么？你到底把他怎么了？"埃德叫道。他也朝我跳了过来。

我用眼角的余光看见史波尼克拿着遥控器，扬起了手。这时，埃德也暂停了。他看起来更加诡异。他只有一只脚在地面上，整个身体都朝我斜靠过来。

史波尼克！你保护了我！他要伤害我，而你制止了他。你终于保护了我！

暂停了的夜盗真的比电视好看多了。我们坐在沙发上，盯着他们看了差不多十分钟。然后我们站起来一会儿，愉快地看着所有青蛙跳上院子里的鹅卵石，朝着同一个方向向前跳去。也许它们能闻到水的味道，也许它们只是如此迷茫，只知道追随领头的那个。

我想从耶斯手里把钱盒拿过来，可即使他已经被暂停了，也仍然不肯松手。于是我们锁上了厨房门，以防他们逃走。

楼梯上传来一阵脚步声。

"还有其他夜盗！"史波尼克一边高呼，一边旋转着将遥控器四处乱指。但那不是夜盗，而是"妈妈"。

"啊，史波尼克，你怎么回来了？！我去穿一下外套。我们得把他送回……"她愣住了。她看见那两个壮小伙儿正站在门边。

那一瞬间我还以为史波尼克把她也定格了。接着她大叫救命。杰茜、雷、"爸爸"，就连安娜贝尔都跑了过来。事情发生得太突然了，以至于竟然没人发现那两个壮小伙儿一动不动，而且有点儿像素化。史波尼克按下了播放键，大块头耶斯将钱盒砸向我脑袋原来所处的位置。但我的脑袋已经不在那儿了，于是他便像一个笨重的芭蕾舞女一样踮着脚尖旋转起来，将钞票和硬币撒满了整个厨房。

"他在干什么？"杰茜说。

"是啊，你在干什么？"埃德说。

耶斯看了看地板，看了看布莱思一家，然后看了看我，最后指着我说道："是他，他对我们做了什么，你到底对我们做了什么？"

我耸耸肩。

杰茜说："门锁上了，一定是普雷斯把他们关起来的。"

"是你听见有夜盗，是不是？所以你到楼下，把他们关了起来。""爸爸"说，困惑和欣慰在他的脸上交织着。

"我们不是夜盗，"其中一个夜盗说道，"我们不算。"

"你很勇敢，普雷兹。"杰茜一边看着"爸爸""妈妈"，一边说道。

大家纷纷为我鼓掌。

史波尼克站起来，鞠了个躬。

"当然还有史波尼克的功劳，""妈妈"说，"他大老远地从柯库布里跑过来保护我们免受夜盗的侵害。"

"那正是我理想中的乖巧农场工作犬。""爸爸"说。

"别再叫我们夜盗了。"

"你们竟然偷干草地盛宴上筹来的钱！那是用来做慈善的。你们这样的行为比夜盗更可耻。"

"我的蝌蚪！"安娜贝尔指着空空如也的果酱罐子尖叫道。

"你们还偷了她的蝌蚪？"

"我们没偷蝌蚪。它们变成青蛙了，还袭击了我们。"

"我的蝌蚪！"安娜贝尔抽泣着说。

"你们怎么能偷一个小姑娘的蝌蚪？""妈妈"呵斥道。

"我们没有偷蝌蚪！"

"别吼我老婆，小子。""爸爸"说。

"狗怎么能做到那样的事？"埃德愤愤不平地说。

"他根本不是狗。"耶斯咕哝道。

"青蛙！"埃德呜咽着说道，"几百只青蛙。"

"爸爸"让他们把钱全部捡起来，然后清点好。这时天已经亮了。"爸爸"来到外面，和某人在电话中进行了一番长谈。当他回来时，他说，很快就会有人过来。

耶斯和埃德坐在沙发上，安静得就像被静音了一样，他们知道自己就要被带走了。我情不自禁地想起了爷爷，真想知道当他发现自己要被带走时，是否感觉也如此糟糕。

一辆轿车停了下来，但并不是警察。原来和"爸爸"通电话的人是神父。他抵达时，"爸爸"让耶斯和埃德把钱交给了他。

神父并不知道夜盗的事儿。他不停地赞美他们功德无量，夸他们大爱无私，直到埃德承认道："不是这样的，神父。我们本来是来偷钱的，但现在我们知道错了。"

早餐过后，罗兰夫人从"儿童之家"过来了。

"嗯，普雷兹，"她说，"你爷爷终于接受他的新环境了，你会为此感到高兴的。"我脑补了一下爷爷穿着囚服，理着囚犯的发型，排着队领取牢饭的样子。"等他一旦正式安定下来，我就会带你去看他，也许下周末你开学前就可以。"

我什么也没说。我想见他，可我并不想在监狱里见到他。

"还有狗呢？你们把狗处理好了吗？"

"我们考虑过了。""爸爸"一边说，一边环视着四周。几乎每个人都无形地向他点了点头，就好像他在心里提出了一个问题，而他们全都能读取彼此的思想，就像史波尼克读取我的一样。

"咦？"罗兰夫人说。

"我去调查过了，发现那只疯狗并不是史波尼克。"

"不是你们家的狗？"

"对。我去商店里问过德米特里袭击他的那只狗长什么样子。我再给他打个电话，按免提，让你听一下……"

"爸爸"拨出了德米特里的电话。史波尼克晃进来，歪着脑袋坐下来，朝罗兰夫人微笑着。

德米特里接起了电话，他说他非常愿意描述一下袭击他的那只狗。那是"一只大狗，有点儿像杜宾犬，但体形不是一般的大，双眼空洞无神，并且——我知道这听起来很奇怪——耳朵还在冒烟"。

"那个人是在说我吗？"史波尼克呜咽着说道，"简直，太无礼了。"

"好像是个误会……""爸爸"耸耸肩，"认错狗了。"

"是的，"罗兰夫人说，"他一点儿都不像杜宾犬，更像拉布拉多。"

"我想应该是猎狗杂交的，""爸爸"说，"不过没关系，我们会继续养史波尼克的，也欢迎他随时到屋里来。"

于是史波尼克有了一个新的家，一个永恒的家。但我们拯救世界的时间所剩无几了。夏天会结束，树叶会开始飘落，就这样，就像史波尼克所说的，世界末日将会到来。

窗帘

现在史波尼克不需要再偷偷摸摸了，他光明正大地参观了整座房子。他发现这整个地方简直太棒了。他拍了许多照片，记了许多笔记。他拿出了所有的行李——替换用的苏格兰短裙和苏格兰毛皮袋，他把双肩包里的所有东西都倒在我的床上。

"你不把行李拿出来吗？"他问。

没必要，我很快就要回"儿童之家"了。

这并没有使他感到困扰，他啃起了窗帘。

窗帘不能吃。

"上面有水果，你看，黑莓、树莓。"

那些只是图片而已。

"嗯，图片，水果图片。为什么要把能吃的东西印在不能吃的东西上呢？"

因为好看。

"看起来很好吃，但实际并不好吃。真是让人失望的骗子窗帘，不可能入选《地球指南册》。"

他终于投入到完成清单的任务上来了。他把历史书和地图册堆在一起，打印出火车时刻表、星空地图，和一些关于鸟类迁徙的资料。他把目前为止的清单贴在床顶的天花板上，这样我们可以仔细讨论一下，然后一起拯救这个世界。

电视遥控器

反光服

大气层

潮汐

鸡和鸡蛋

普雷兹的爷爷的口琴

遮瑕膏

活索结

活索结？真的吗？

"千真万确。那个吊床给了我最舒服的睡眠，就像躺在一张巨大的反重力床垫上一样。我们在拯救你的星球的道路上稳步前进。你还有别的想法吗？"

我完全想不到任何值得一做或者一看的事情了。

"肯定还有的。"

你的星球上是什么样子？那儿有什么值得一看的呢？

"我和你说过，我已经没有星球了。很多年前，行星清理者就找到了它。此后，我就像彗星一样在宇宙中漂泊。"

可是你住在哪儿呢？

"我在哪儿，就住在哪儿。"

可是你肯定有什么东西啊，比如火箭？

"火箭？你从哪里来的，石器时代吗？早就没人用火箭了。"

那你如何在太空中穿行呢？

"我不知道，只是一种技巧。空间并不是平的，而是弯曲的，起伏的。它在运动，是有生命的。过段时间你就可以学习驾驭它了。"

可是你不能超光速航行啊。世界上没有可以超光速航行的东西。

"是的，但你可以抄近道。无论要去多远，你的终点总是和起点重合的。除了手套，很显然。"

手套？什么手套？为什么？

"宇宙的本质是弯曲的。我演示给你看。"他从纸上撕下一个长条，拧了一下，然后把两头捏在一起。"你觉得这个有两面，是吧？但是你用手指走一圈看看。"

我把手指放在纸带上，走了一圈。

只有一个面。

"这叫莫比乌斯环。宇宙就是这个样子。如果你沿一条直线向前走，最终一定会回到你的起点。只不过你是反过来的。如果你原来左手戴着手套，现在手套就会变在你右手上。你变成了自己的镜像。"

我又试了一下反转。

所以你不住在火箭上，也不住在行星上，那你住在哪儿？

“宇宙的中心，那儿就是我的地址。”

那是哪儿？

“呃，无穷的中心是哪儿？想想看吧。无穷的中心就是无处不在。从你的脚下，向四面八方延伸至无穷无尽。这边是无穷大，这边也是，那边也是。所以你一定在中央。无论你在哪儿，都是宇宙的中心。”

可你没有家吗？

“当然有！我着陆的每一个港口，每一个安全的港湾都是我的家，一阵子的家。来吧，全体船员上甲板。让我们将这个星球驶出暴风雨，把它从灭亡中拯救出来。想想值得一看或一做的事情吧，继续努力啊。我们剩下的时间不多了，换句话说，时间是无穷无尽的，但我们已经所剩无几了。”

我努力地思考着，但除了监狱里的爷爷之外，我什么也想不到。他坐在牢房中，或者排队领牢饭。一切都因为他在切菜的时候犯了糊涂。

这个世界太不公平了，也许它根本不值得被拯救。

我拉起被子蒙住了头。

我不知道在我有了那个想法之前，一直那样躺了多久。

这个地球上当然还有我想要见到的东西，而且我可以现在就去见它。

我叫醒了史波尼克。

我想到了一个东西。

“嘘，你会把雷吵醒的，现在已经是半夜了。”

我知道。但我想到了一个东西，一个真的值得一看的东西。你会喜欢的。

"你要是睡不着的话，转三圈，一躺下就能睡着了。"

不，我不睡，就是该趁夜里去看。

"是什么啊？我们要去看什么？"

我爷爷。

"但是你爷爷在监狱里啊。"

是的。但是我有个计划。

"计划？"史波尼克说着便从床上坐了起来，"我喜欢计划，什么计划？"

劫狱。

"劫狱？"史波尼克立即提起他的苏格兰短裙，系紧飞行头盔，戴好了护目镜。

"我去。"他说。

我们蹑手蹑脚地来到了楼下。史波尼克轻声说道："那我们怎么劫狱呢？"

我想我们可以带上遥控器，你把所有的保安都定格住，我就可以把他救出来了。

我们到处寻找遥控器——沙发后面、电视机下面，但哪儿也找不到。为什么遥控器总在我们需要的时候不知所终呢？

"用激光剑怎么样？我们可以用它把铁丝网和栅栏斩断。"

电池没了，肯定是有人拿去放在遥控器里面了。

"那算了，"史波尼克说，"我们走吧。会有办法的。"

　　我拿上手机，穿过院子，钻进了拖拉机棚里，摸到了一个手电和一把钢丝钳。

　　63 路车是一趟夜班车，它会沿着主路开到邓弗里斯。大家都称它为豪饮车，因为它会在经过的每一个酒吧门口停靠。我们在德米特里商店外面上了车。当它停靠在白沙时，司机下了车，锁上公交车，回家了。

　　完美。我们需要一个交通工具来逃跑，还有什么比公交车更低调的呢？

　　"你会开公交车吗？"

　　我们不需要开它。我们一旦救出爷爷，就先躲进车里来，等到天亮。然后等它开回柯库布里，我们就在田间小路那儿下车，走到农场里去，把爷爷藏在咕咕宫里。我们可以给他送饭，陪着他，他可以在水槽里洗漱。那儿还有个厕所。他可以过得像城堡里的国王一样，慢慢地警察就会把他忘了。

　　"听起来像是个正经计划。"史波尼克说。

　　但事情并不总是按照计划进行的。

劫狱

这个监狱和我想象中的不一样。

它就在一条普通的街道上，既没有带刺的铁丝网，也没有密密麻麻的保安。

所以我原计划的一部分——比如用我从大谷仓借来的钢丝钳把铁丝剪断，或者用捆干草的麻绳绑住保安——都不太管用了。

我们可以挖一条隧道。

"你带铁锹了吗？"

没有，但是……

"我才不挖隧道呢，我不是狗，我是史波尼克。我要光明正大地从前门进去。"

他言出必行。

有一扇门上写着"接待处"。他打开那扇门，大摇大摆地走了进去。里面有一个开了个小口的窗户，还有一套对讲设备。玻璃后面是一个健壮的家伙，他穿着一件白衬衫，一边看监控屏幕，一边津津有味地吃着一个紫色的小狗牌冰沙。

"我叫史波尼克·梅洛斯，"史波尼克说，"我是来劫狱的。

有本事就来制止我吧，穿白衬衫的壮汉。"

壮汉放下冰沙，推开窗户，看着史波尼克。"你好，"他说，"你怎么那么不乖？"接着他便朝我看来。

"他是什么品种？"

"呃……大部分血统是梗犬吧，"我说，"口哨梗。"

"干得漂亮，"史波尼克说，"你继续和他说话。我进去把你爷爷救出来。"我们面前有一道看上去牢不可破的金属门，史波尼克量了量它的尺寸。

我说："想要劫狱，你可不能就这样大摇大摆地走进去。你得有一个行动计划，以及各种伪装、工具、不在场证据。你连我爷爷长什么样儿都不知道，更别提他在哪个牢房了！"

壮汉直瞪着我。这时我才反应过来。

"我大声说出来了，是吗？"肯定是因为我正在想马上就要见到爷爷了。

"那么说，你要劫狱？"壮汉问。

"把他爷爷救出来，"史波尼克说，"我非常清楚他长什么样儿，因为这个男孩的双肩包里有他的照片，每次他把睡衣拿出来时都会看上一遍。"

很显然这个壮汉一个字也听不懂，他仍然一个劲儿瞪着我。

我说："劫狱。是啊，为什么不呢？"否认这一点已经没有意义了。

"那你的计划是什么？把我敲晕，换上我的制服，偷走我的钥匙？"

"科尔迪茨城堡就是这样，"我说，"被劫了两次。"在过来的公交车上，我用手机搜索过劫狱。

"我的衣服你穿可能太大了点儿——大概大二十个号吧。另外我也没有钥匙，现在都是电子化了。我记得他们在科尔迪茨城堡造了一架滑翔机，是吗？"

"是的，但花了太长时间。等他们完工，战争已经结束了。"

"那你没有滑翔机吗？"

"没有。你愿意的话可以检查一下。"我举起手，好像裤兜里有可能藏着一架滑翔机似的。

他哈哈大笑，又津津有味地吃了一口冰沙。这大概就是为什么他完全没看见的原因吧——此时的监控屏幕上——史波尼克正在监狱内的走廊里安静而飞快地移动着。

"还有《小王子查理》，"我说，"他扮成女人，溜出了监狱，逃之夭夭。"

"这里关的都是男人，"壮汉说，"我不认为扮成女人有用，那只会让你更引人注目。"他似乎非常乐于向我提供大把的劫狱建议，用来打发时间。我想他可能觉得我是开玩笑的。比如，当他说"为什么不挖条隧道呢"这句话时，他的语气分明像是在说"你怎么不在家乖乖睡觉"。

"我想过了，那样太费时间，而且我的同伙不喜欢挖隧道。"

"集体越狱？火力全开？"

"我讨厌枪。"

"非常明智。约翰·迪林杰……"

"他用了枪，但那是假枪，用肥皂和鞋油做的。这个主意不错，但我爷爷不知道我要来救他，这算是个惊喜吧。"

"直升机？直升机真是一种享受。"

"我没有。"

我还真有点儿享受起说话来了。

"架梯子翻墙？"

"我爷爷的脚不太稳。"

"躲在脏衣篮里运出去？"

"你们有脏衣篮吗？"

"没有。"

"最完美的劫狱是就这么从正门大摇大摆地走出去。"

"没错。不过，这种情况下，当然，他们必须得过我这一关。并且，没有人能做到。"

他正说着，我看见监控屏幕上的史波尼克正注视着摄像头，一边对我竖起了大拇指。这时，所有的监控画面都闪了起来，然后死机了。"搞什么鬼？"壮汉叹了口气。他连忙去摆弄控制台，但当他转过身时，一张金属网呼呼地降了下来，很快就要封上那个小窗口。"怎么回事？应急保护系统启动了。"他试图用手顶住金属网，但没有用。"哎哟！"他大叫一声，抽回手，吮吸着手指。他猛地冲向门口，想要到我这边来，但我听到金属撞击发出的一声"哐当"巨响。

"发生了什么？"他大叫。

"我不是告诉你了吗……我们是来救我爷爷的。"

灯灭了。

所有的灯都灭了。

史波尼克关闭了整个电子安保系统。

金属网的那一侧，我听见那个壮汉正在疯狂地按着手机上的按键，一个录好的声音回答道："您所拨的号码不存在，请查证后再拨。"

这时，那道牢不可破的金属门"哐当"一声打开了。

唯一的光线来自那些灭蝇用的蓝色吊灯。我看见史波尼克的护目镜一闪一闪地朝我蹦跶过来，他的身后簇拥着一大群模糊的黑影。

"我认不出哪个是你爷爷，"他说，"所以就把他们全都带出来了。"

"你给我带来一公交车的犯人？"

"你爷爷就是犯人。还有什么藏身地比一公交车的犯人更好？走吧——我们去白沙的 63 路车站吧。"

史波尼克把路灯也灭了，整个小镇都漆黑一片。我们听见大坝里传来奔腾不息的水流声。月光照亮了公交车的窗户，仿佛月亮在帮我们寻找逃跑专车一样。63 路车是推拉门，就是那种带橡胶密封条的门。你只要能找个东西塞进门缝里，很容易就能把门撬开。我之前就把双肩包夹在那儿了。

犯人们好像知道自己最好不要引发骚乱。于是，越狱犯安静的黑影们一个接一个地钻进了公交车。他们经过我面前时，我试图看清他们的脸庞，但他们都低着头。我打着手电在驾驶室里四处搜寻着，终于找到了开关，于是我打开了灯。

"爷爷？"我兴奋地叫了出来，"是我，普雷兹！"

他们陆续从躲藏的椅背后面探出头来，第一个，第二个，第三个。

有几个非常高大。

有几个非常矮小。

有几个很胖。

有几个很瘦。

几乎都是白人，只有一个黑人。

有一个人脑袋中央贯穿着一条巨大的疤。

他们就像是一个个留着短寸的猫鼬，在谨慎地提防着警察猎

狗的袭击。

没有一个人长得有一丁点儿像爷爷。

"爷爷？"我问道，"我爷爷……桑迪·梅洛斯……在这儿吗？"

一个细眼睛的小个子咧嘴笑道（这时我看见他几乎没什么牙齿）："你在找你爷爷？"

"是的。"

"你以为他和我们这些人一起在尼斯河谷？"

"是的，我是这样认为的。"

"你爷爷多大年纪？"

"不知道。就正常的年纪吧，做爷爷的正常年纪。"

"你刚刚把我们救出来的地方叫作尼斯河谷青少年犯罪管理中心，我们最大的只有十八岁。你爷爷不满十八岁吗？"

"我不这样认为。"

"如果你没有一个少年爷爷……"

"我弄错了。"

"看起来就是这样。"头上有疤的那个人开始哈哈大笑，其他人也笑了起来。"顺便说一句，还是得谢谢你。"

我说："真对不起，我搞了个乌龙。我会把你们送回去的，史波尼克会帮你们回去的。"

"哟，"无牙小伙说道，"你会帮我们重返监狱？呵呵，你真是个大好人，太感谢了。听见了吗，粉碎哥？他要把我们送回监狱去。"

毫无悬念，粉碎哥正是额头正中一条疤的那个人。他上上下下打量了我一番，然后说道："呵呵，伙计们，对于这个小鬼的美意，你们怎么看？"

他们的看法是：

哈哈哈。

他们笑得整辆车都震动了。

"你错了，"无牙小伙说道，"不，我们不会回去的。你别想了，谁都别想让我们回去。我们要乘这辆公交车去遥远的卡莱尔，我有几个表兄弟在那儿。"

"不，不去卡莱尔。我们要去格拉斯哥，那儿更容易隐姓埋名。"

"纽卡斯尔不是更近么？我喜欢纽卡斯尔。有一次我们学校组织去过那儿。"

"那这个小鬼怎么办？"

"我住在洛克布雷克斯附近。"

"洛克布雷克斯附近什么也没有。"

"他得跟我们走，我们得拿他做人质。你不介意做我们的人质吧，是不是，小鬼？"

"那去斯特兰拉尔怎么样？那儿荒无人烟。"

"斯特兰拉尔警察太多了，因为那儿有轮渡。"

正当他们还在热烈地讨论着去哪儿时，公交车点着了火，开始移动起来。车子侧滑着穿过了柏油路面，刮擦着金属围栏，摇摇晃晃地来到了公路上。

"等一下，"粉碎哥说，"谁在开车？"

"我！"史波尼克高呼。他从驾驶室中探出身来，向大家挥了挥手。车子突然一震，他刚刚撞上一根路灯杆。"哎呀！"史波尼克说。

所有人陷入了片刻却感觉十分漫长的沉默——就像你把一颗石子扔进一个很深很深的下水道。尽管你现在还听不见声音，可你知道会有声音的。

这时声音来了。

一阵尖叫声，粉碎哥是第一个。"那儿有一只狗，那儿有一只狗，他居然在开车。"

一个胖子在通道中跪了下来，非常大声地念起了祈祷词。

无牙小伙冲到我面前，不停喊叫着："停下！马上！快叫他停车！"

我想他们对你开车感到不安。

"我什么也没撞到啊，差不多吧，反正也没撞到什么重要的东西。我又没翻车，干吗这么大惊小怪的？他们不信任我吗？"

只是感觉不对——狗在开车。

"正好解释了我不是狗啊。"

你就不能直接让他们看见你不是狗吗？

"如果公交车开得如鱼得水——这正是我在做的——这都

不能让他们相信我不是狗，那还有别的办法吗？要不我再开快点儿？"

不要！不要加速。

可他开得更快了。

越来越快。

车子开上辅道，绕着环岛转起圈来。犯人们像彩虹糖似的，纷纷被甩入通道中。

停车，快停车。

他在通往二十四小时乐购商场的出口处拐了个弯。他砰地穿过灌木丛，越过几个标志，最后把车停进了停放购物车的位置。老实说，那儿的尺寸不太适合公交车。

到目前为止，犯人们全都还蹲在后面。

"你为什么要对我们做这些可怕的事？"特别高大的那个人尖叫道，"我们素不相识，无冤无仇。"

粉碎哥砰砰地砸着窗户，大喊道："救命！救命！"

那个胖子也大喊道："快报警！我要回监狱里去。我只是来照顾这只小狗狗的，我以为这只小狗狗迷路了。"

我走向驾驶座，向司机麦克风里吹了口气。听起来就像一阵浩瀚的飓风似的。接着我开始讲话。我开始喜欢讲话了，尤其是像这样通过扩音器讲话。"别吵了，会吸引别人注意的。"

"吸引别人注意？你的狗刚刚开着一辆公交车走错了路，开进了辅道。"

"哦。"

你是不是开错路了？

"我是朝我们的目的地开的啊——西方。"

是的，但是你走的是路哪边呢？

他没有回答，只是再次发动了引擎。这又引发了犯人们的新一轮尖叫。

"让我们下去！"

"让我们下车！"

"我看见这只小狗狗，以为他迷路了。我一心只想帮助这只小狗狗。"

"而我，一心只想找到我爷爷。"我叹了口气，坐下了。

"索莱罗。"无牙小伙说道。我追随着他的目光看去，只见他的脸紧紧地贴在窗户上，目不转睛地注视着乐购入口上方那个索莱罗的巨型灯箱广告。照片中的鲜橙夹心脆皮雪糕刚刚开始融化，它闪闪发光，仿佛甜香四溢。索莱罗雪糕是度过漫漫炎夏的完美方式。其他人也加入了他的队伍，纷纷趴在窗户边，眺望着乐购停车场。

"购物车，"头上一条疤说道，"你们有没有在希思霍尔竞赛里蹬过购物车？"

"听起来好危险啊。"无牙小伙说。

"一点点，"粉碎哥赞同道，"我第一次开始蹬购物车狂飙时，我的外号是'飙哥'。后来我胆子越来越大，所以我成了——"他指了指自己的脑袋："粉碎哥。"

"你们瞧这些车啊，"无牙小伙说，"我以前最喜欢'借'

各种车去辅道上开。再也没有这样过了，自从……呃……自从我
被抓之后。"

"那儿有一辆零食车，快看。有热狗卖吗？"

"我们就不能吃点儿零食吗？比如来点儿酷爽原味立体脆。
难道我们真的必须直接回去吗？"胖子说。

"或者热浪劲辣立体脆。"

"好，就这么办，"无牙小伙说，"你去给我们买点零食，
拿到这儿来，然后我们再决定去哪儿。"

我说："我没法给你们买零食，我没有钱。"

"那是你的问题。"

"我怎么付款呢？"

"直接去偷吧。"

"不能偷，你不会想落得我们这样的下场的。"

"既没有钱，又不能偷，那我该怎么办呢？"

"那是你的问题，"无牙小伙说，"再给我们买几瓶啤酒。
要么去买一个派和一品脱啤酒，要么做我们的人质。你自己选。"

史波尼克之前从来没进过超市。"我真傻，还以为德米特里
商店里就已经有很多东西了。"他屏住呼吸，目瞪口呆地注视着
蔬菜区——光彩夺目的辣椒，丰盈饱满的苹果，光芒四射的柠檬；
冷冻区——大块大块的奶酪，厚厚的肉片，一堆堆黄油，一瓶瓶
果汁；走道上方多姿多彩的招牌——意大利面、料理酱、奶制品、
饼干、薯片、麦片……"一切，"他感叹道，"这里的一切都……"

他搜寻着合适的字眼，"可以吃。"

是的，但你必须先付钱。

"一切都那么那么美味。"

而且我们没有钱。

"我可以规避掉那个问题。"史波尼克说着便打开了双肩包。

不，不能用枪，绝对不能用枪。

我环顾四周，店里几乎没什么人。三明治架子旁边，有几个穿护士服的人在聊天。有人在往烤豆架子上码货。史波尼克踩在购物车后面，飞过面包区，然后左转进入了酒水区。并没有人制止我们。

我说过，我不能买啤酒，我还不满十八岁。

"我满了，我已经满十亿岁了。"史波尼克说着便拿了两瓶克里夫浓啤酒放进购物车，接着又向七区的薯片零食冲去。他铲起一捧立体脆、一堆品客薯片、几瓶爱布鲁碳酸饮料，然后携带着啤酒一起走向自助收银机。

你不满年龄的话收银机是不工作的。而且你还得往里面投钱。

"你的整个态度都错了。你把收银机看成了敌人，好像它想要阻止你快乐一样。其实收银机希望你开开心心地得到一些好东西。"

不，它只希望我付款。

"你读过指南册吗？"史波尼克问。

没有，因为我是顾客，而不是收银员。

"那你有用收银机自己的语言和它说过话吗？"

它说英语。

"它说的是，"史波尼克说着便从双肩包里拿出一只小手电，"二进制语。你看。看见条形码了吗？它们把光变成了点和短线，这就是它的语言。这个星球上有几千种语言，你应该学上几种。"他用手电直接照在扫码枪上，不断地开开关关，时快时慢，就像编码一样。

自助收银机发出了"哔"的一声，然后又"哔"了一声，接着又"哔"了一声。

"看见没？"史波尼克说，"它在咯咯笑呢，它喜欢我。它一直都很孤单，可怜的家伙。"他继续开关手电几个来回。自助收银机又发出一阵"哔哔"声，然后说道："请在扫码枪下方的货物出口取回您的找零。"

可是我们不可能有找零啊——我们根本没投钱。

"我调整了一下顺序。通常你得先付钱，才会找零。现在它会先找零，然后我们再付钱。"

我想你完全误解了"找零"的含义，这样做完全是违法的。

"老实说，"收银机说，"我的钱我根本花不完。"

一张十英镑的钞票从货物出口滑了出来，接着又出来第二张，第三张，最后一大把零钱"咔嗒咔嗒"地掉落在了铁盘里，就像你在街机游戏上赢了游戏币似的。

好像根本没人注意到。我转向购物车去拿啤酒和薯片，里面还有其他东西——意大利面、圣女果、洋葱、一个辣椒、牛至、一些奶酪和一瓶伍斯特沙司。

这些是干吗的？

"明知故问，这是你爷爷最喜欢的下午茶食材。意大利面配新鲜番茄酱，微辣。"

我能闻到牛至和辣椒的香味，仿佛爷爷回到了家里似的。

你怎么知道的？

"我会读心术啊，连你的潜意识也能读到。"

我连爷爷在哪儿都不知道，买他最喜欢的食材又有什么用？

"你会找到他的，相信史波尼克。"

相信史波尼克，相信那个信誓旦旦地说自己会照顾我，却让我置身于一辆满载囚犯的公交车上的史波尼克，而且开车的还是狗。

"我不是狗。"

但你像狗一样开车。

我扫完了所有的圣女果、意大利面和其他东西，最后我试着扫描了一瓶啤酒。

"需要人工审核。"收银机说。它的灯开始闪烁，一位主管走了过来。她看了看啤酒，又看了看我。

"麻烦你出示一下身份证，"她说，"你看起来未满十八岁。"这并不意外。

我确实想过带一个犯人过来，让他自己买啤酒，但我继续想到，莫非我真的希望别人知道停车场里那一公交车的越狱犯是我放出来的？

"我没有身份证。"

"那你就不能买啤酒。"

"唷，"自助收银机抱怨道，"继续吧。"

主管眨了眨眼，然后瞪着那台机器。

"继续啊，"自助收银机重复道，"就这一次。"

"呃，"主管说，"这是某种恶作剧吗？还是模拟训练？"

"是的，就是模拟训练。"自助收银机说道。

"没有身份证，我不能让他买啤酒。"

"请遵从要求。"收银机说。

主管看起来很紧张。

"你必须遵从。"收银机坚持说道。它的语气开始有点像电视节目中暴脾气的机器人戴立克。主管看上去吓坏了。

"遵从。"

"好好好，我遵从！"

"我小时候经常来这儿，"无牙小伙一边说，一边攥起一把品客薯片塞进嘴里，"每当无家可归时，我就会来这儿。"

"我也是！那真是太赞了！"粉碎哥说，"我经常来这儿玩滑板。"

"我们经常朝玩滑板的人扔瓶子。"无牙小伙说，现在他吮吸着一支索莱罗。

"我们也会扔回去。"

"这么说没准儿我们互相扔过瓶子呢！真是太有缘了！"

"太神奇了。"

朝对方扔瓶子听起来仿佛和失散多年的表兄弟终于手足团聚一样。他们狼吞虎咽地吃着立体脆和薯片，鲸吸牛饮地喝着碳酸饮料。

"那时候这里还不是二十四小时营业的，"胖子说，"我常常梦想自己住在店里。"

"我也是！"无牙小伙说。

"我常常想象自己躺在床品区的一堆羽绒被下面，然后在有人进来之前起床，去家居用品区给自己拿一只碗，去奶制品区拿一盒牛奶，接着去麦片区随便逛逛，想拿什么就拿什么。"

"我大多数时候想的是在冻品区里一边游荡，一边嚼着北极卷和梦龙冰淇淋。"

碳酸饮料、梦龙、北极卷……我开始意识到这些男孩完全不注意营养。我走到零食车前，用自助收银机给我的钱买了炸鱼和薯条。我们坐在车库前院的围墙上，吃了起来。

"在户外吃刚出炉的食物，"史波尼克说，"真是世界上最棒的事情了。"

"我确实在这儿住过一段时间，"粉碎哥说，"不是在超市里面——安保太严密了——是在超市后面，有一条暖气管，那儿很舒服，很暖和，还有许多纸板箱可以做成床。家里发生了糟糕的事时，我就常常住过来。我从'儿童之家'逃走的那次，也是住在这儿。"

"你住过'儿童之家'？"我问。

"嗯，"粉碎哥说，"住了四年。我不喜欢那儿，但我离开后又无处可去，'儿童之家'就像香格里拉一样。"

　　"香格里拉？"

　　在我还没来得及提出其他问题之前，他说："我们来购物车赛跑吧。"

　　他们蹬着购物车围绕停车场飞驰着，直到保安跑出来把他们赶回了公交车。

　　他们争吵着谁应该坐哪个位子，而我却躲在门口，手里拎着我的购物袋。他们朝彼此喷射碳酸饮料。无牙小伙朝他的立体脆袋子里吹满气，然后"啪"地一下把它拍炸，就像拍炸一个气球一样。其他人全都哈哈大笑，然后纷纷仿效。我不怕他们了。他们不是罪犯，只是一些无家可归的孩子而已。

　　"上车，"无牙小伙叫道，"我们走！"

　　"去哪儿？"我说。

　　"青少年犯罪管理中心，"粉碎哥耸耸肩，"反正我们也没有别的地方可去。"

　　史波尼克试图跳进驾驶座。"天哪，不要啊，"无牙小伙说，"不能再让狗开车了。我是老司机了，不如还是让我用我的本领把大家带回家吧。"

　　于是他驾驶公交车回到了辅道，一直开回了青少年犯罪管理中心。不得不承认，他开得比史波尼克好多了。

　　他们通过接待处鱼贯而入时，太阳正冉冉升起。史波尼克重设了安保系统，金属网向上卷了起来。那个壮汉还坐在那儿，他双眼圆睁，仿佛从来没见过天亮似的。他愣愣地看着监控屏幕上那些顺从的犯人，有几个还朝摄像头挥了挥手。

"发生了什么事？"壮汉说。

"对不起，"我递给他一个紫色的小狗牌冰沙，说道，"我给你带了这个，希望能弥补我的过错。"

我们恰好赶在第一班车发车前把公交车还到了车站。我们坐在后排，司机载着我们穿过了达尔比蒂。

"你没救到爷爷。"史波尼克说。

是啊。

"至少我得到了一样可以列入清单的东西。"

是什么？超市？自助收银机？

"薯条，是谁发明的？"

没有人，我想只是自然而然地发生的。

"自然而然？什么鬼？这个世界上所有的人都在想，我们把那边那棵植物挖出来，拔出它巨大的块根，削了皮，然后切成细条。然后我们从牛身上取点脂肪，把它融化，加热到沸腾，再把土豆条倒进沸腾的脂肪里？然后……为什么不弄点儿葡萄，把它们压碎，等到葡萄汁变酸，把它浇到炸土豆上去？然后……"

好吧，我明白了，薯条很复杂。它不是某一个人发明的，而是所有人一起发明的。日积月累，聚沙成塔。

"嗯，我就喜欢你们这个物种这一点。每个人都在让事情变得愈来愈好的方向上不断努力，直到百八十年后，它终于完美无缺。炸鱼和薯条就像一个巨大的结，把所有人系在了一起。我们可以把它列入清单。户外的炸鱼和薯条可以进入《地球指南册》。"

好的。

公交车上只有我们两人，田野里也空旷无人，真好奇人们都在哪儿。不，不是这样的。我好奇的只是爷爷在哪儿。

大雁

失踪的不仅仅是爷爷一个人。我们回到斯特拉莫迪时，院子里没有车。前门敞开着，但屋里一个人也没有。我们跑进牧场，那儿只有奶牛，没有人。咕咕宫内也空无一人。我大喊着每个人的名字，但回答我的只有惊慌失措、四处乱跑的母鸡。鸡蛋也没人捡。我把它们拿进厨房，放在一个碗里，把买来的东西也放在旁边。

你不担心大家都失踪了吗？

"不担心，我想我们自己可以把这儿搞得很好。好多牛可以吃啊。"

我很怕已经发生了什么可怕的事，也许还会发生更可怕的事。我从双肩包里拿出爷爷的菜刀，放进了口袋里。

奶牛仿佛听见史波尼克说的话，纷纷"哞哞"叫起来。我向窗户跑过去。布莱思家的车子正从田间小路上开过来，我打开了前门。

"他回来了！"

"我们好担心你们啊！"

"我可不担心，我知道你们只是一起散步去了。"

"我说过他可能只是不想去做弥撒。"

原来他们去教堂了，我忘了今天是星期天。

我从口袋里拿出爷爷的菜刀，握在手里。"妈妈"看着它。

然后她笑着说："你要帮我做菜吗？"

"爸爸"瞄了一眼乐购袋子。"他去买菜了，你要做菜给我们吃吗？"

我只知道自己好想削皮和切菜。我想做爷爷会做的事，做一些让我觉得他并没有从地球表面上消失的事。

我们来到厨房里，"妈妈"拿出了一只鸡。"这是棕色那只，成天只知道叫，却不怎么下蛋。"

"她并不是为了做午饭而宰了它，"雷说，"而是为了报仇。"

"但我们还是可以把它做成午饭吃掉。"

"爸爸"教我如何做烤土豆，因为我从来没做过。然后我做了番茄辣椒酱。虽然和烤鸡不是很搭，但辣椒的香味，以及擦碎番茄后用小火慢烧，番茄变得黏稠起来的这整个过程，都和爷爷的做法一模一样。

吃完饭后，我帮忙把奶牛赶进咕咕宫去挤奶。我们在接泵时，史波尼克爬上了塔楼。他大喊道："快来看这个啊！"

"他干吗这么吵？""爸爸"一边说，一边爬上楼梯准备一探究竟，"有时候我感觉史波尼克有话想对我们说。"

"我想对你们说，"史波尼克说，"天上全是吃的！"

大雁。

远处海面上空，一开始只有一片黑色的污渍，你能看见污渍变成了许多小黑点，接着是一个"人"字形。然后它们飞到我们头顶上，发出轮船雾笛般的鸣叫声。它们宽大的翅膀拽着圆滚滚的身体掠过空中。一波波大雁就这样不断掠过，感觉仿佛永不会停息似的。它们飞得那么低，几乎擦着我们的头顶，有时候我们不得不弯下腰。最后，它们降落在默斯滩涂和房车营地周围的地里。降落后比之前还要嘈杂，它们纷纷伸长了脖子，仰着头对天鸣叫。

"它们一整个夏天都待在冰岛。""爸爸"说，他必须得大声喊才能盖过它们的声音。"每年秋天它们都会回来，回到同一块地里。大雁通过鸣叫来寻找自己的伴侣。它们正在向冬季家园迁徙。真神奇，每年它们都从冰岛飞到这同一块地里。八百英里。它们从不迷路。但也从不警告彼此，人们会射杀它们，吃掉它们。我想，即使有人在对你开枪，但家始终还是家。"

"我们能射杀它们吗？"史波尼克说。

不能。

这就是我待在那儿的最后一天。

第二天一早，我就返回了"儿童之家"。

乖 一 点

我不用收拾行李。（因为行李一直都放在双肩包里。）

不用说再见。（"我们不说再见，""妈妈"说，"因为我们欢迎你随时再来。"）

也不用担心。（"别担心史波尼克，"杰茜说，"我会照顾好他的。"）

（"别担心我，"史波尼克说，"明天早上我要做的第一件事就是离开这儿，回家去。"）

可是不能就这么结束啊。

"老实说，我不会有事的，不要再担心我了。"

我不是在担心你，我是在担心自己，担心我爷爷，还有这个星球。

"清单已经写好了，任务完成了。谢谢你，再见。"史波尼克猛拉了一下他双肩包的带子。

什么？已经有十样东西了吗？你都没告诉我。

他摇了摇他的红色记事本。"都在这儿了。"他说。

给我看看。

"好吧，现在我只有九条，但很容易就能找到最后一条。这个星球上有太多太多值得一看的事情，我不需要你的帮助了。"

可我需要他的帮助，我需要他帮我找到爷爷。我知道他不会帮我的，除非我骗他加入，所以我必须在他听不见我内心独白的条件下思考。这并不容易。我得在大脑正面放声大喊，而在大脑背面窃窃私语。这有点儿像把两条手臂同时朝相反的方向，一前一后地挥舞。我的大脑正面想道：

但你的清单还没写完。

"我写完了。总之，差不多吧。"他开始一口气说出清单内容，"地球的大气层、鸡蛋、电视遥控器……"

电视遥控器是个垃圾。

"什么？它太牛了，我用它挫败了一场盗窃呢。如果我们及时找到了它的话，还可以用它来劫狱……"

没错，电视遥控器有个特点，每当要用的时候，你就找不到它。这是个设计缺陷，电视遥控器非常非常容易丢失。

"我会搞定这个问题的。我打赌，如果你读了指南册……"

我有个更棒的东西。

"什么？"

真正神奇的东西。

"什么啊？"我能感觉到他在我的意识里搜查着，看我是否真的藏着什么了不起的事情。

你作弊。

感觉就像一杯柠檬汽水泼进了脑袋里。我想要放一些令人激动的东西进去，可我完全想不到还有什么东西是这个星球上我想要看见的，除了爷爷，可他消失了。

"我看不见你脑袋里有什么让人激动的东西，"史波尼克说，"另外，我很怀疑你的动机。"

他怀疑我的动机是对的。但我必须得骗过他，让他帮我一起找到爷爷。

怎么才能对一个能读取你思想的人撒谎呢？

我想象了一幅爷爷的水手储物箱的画面。我在箱子上添加了几个完美的门闩和锁，还有一些漂亮的金属件。我知道史波尼克总有办法能看见。接着我想到……

还记得这个吗？老房子里爷爷的水手储物箱？没有人知道里面是什么，只有我爷爷有钥匙。

"我不需要钥匙，我一枪就能把锁射开。"

可也许里面的东西很精美，很脆弱呢？也许箱子被诅咒了。不，如果你想解开水手储物箱之谜，一定得找到我爷爷。

"可能只是些珠宝什么的，我不感兴趣。在距离蟹状星云几扇门的地方，有一颗由钻石组成的卫星，还有一个由红宝石组成的小行星带，我有时候会搭它的便车。老实说，宝藏非常无聊。"

我想它应该和香格里拉有关。

"香格里拉是喜马拉雅山脉中的一个神话国度，那儿的人都长生不老。"

我知道，我去过那儿。你看，就在我地图上呢。

"你去过神话国度？"

我不太记得了。

"你去过一个可以长生不老的，充满魔法的神话国度，却不太记得了？"

就在我地图上，你看啊，我可以带你去那儿。拜托了——这比电视遥控器强多了。

"我会考虑一下的。"

罗兰夫人的车子沿着田间小路开了进来，她向所有人一一致谢。我爬上车，就这样结束了。

"让我闻闻你，"史波尼克说，"那样的话如果我需要你，就能找到你。"

"史波尼克在哭！""妈妈"说，她误解了闻的动作，"他见你离去很伤心。"

"别伤心，史波尼克。"雷说。

"他想和普雷兹一起走。"杰西说。

"你不会想住在城里的，史波尼克，""爸爸"说，"你想要留在这个绿草如茵的广袤世界里，而且你还有工作要做。"

"我们会在这儿度过一段美好时光的，对不对？"雷一边说，一边拨弄着史波尼克的头发。

"他再继续弄我的头发，我就要开枪了。"史波尼克说。

你当着别人的面就这么说真是太不礼貌了，只因为你知道他们听不懂你说的话，他真的很喜欢你。

"他以为我是狗。"

他喜欢狗。

"这不取决于我长什么样儿，而是取决于他们是如何看的。你看见的就不一样。"

乖一点，听他们的话。

车子启动了。我回头望去，他们都在挥手。

"听起来好像你度过了一个非常棒的夏天，"罗兰夫人说，"留下了非常好的印象。普雷兹，你真棒。"

回去的路上，我在想，如果我开始说话，那她也许会觉得我进步非凡，应该回去继续待在那儿。我设想了一些话题，但还没来得及说出口，我们就已经到了。罗兰夫人的车比63路公交车快多了。

意大利面

　　回到"儿童之家"后感觉很奇怪，叫醒我的不再是鸡和牛，而是公交车和送奶工发出的声音。来了几个新孩子，离开了几个老孩子，但是——除去面孔之外——一切都和从前一样。默德·贝尔还在那儿。晚餐依旧是意大利肉酱面，肉酱是罐装的。我的意思是，为什么那么做呢？切几个番茄和洋葱明明应该更便宜吧。一个留着飞机头的新孩子把意大利面切得碎碎的才开始吃，那样做有什么乐趣？默德听说我在斯特拉莫迪度过了一整个夏天时，立即捧腹大笑。他说他们家人带他去佛罗里达了。后来我发现这并不是真的。

消防演习

半夜里我醒了过来。我听见一阵门铃声，非常响亮，非常近。我房间里怎么会有门铃声？

是史波尼克。

我打开灯，他就在那儿，坐在我的床尾，手里拿着他的便携门铃。

你怎么进来的？

"太容易了，我让那个超级原始的警报系统瘫痪了。"

他刚说到这儿……

呜哇呜哇呜哇呜哇呜哇呜哇……

警报响了。

我不得不从逃生梯上哒哒地跑下去，穿着睡衣站在停车场里。夜班执勤小组过来清点了人数，然后核实了并没有真的着火。外面真是冰冷彻骨。一轮丰盈的满月俯视着我们，就像一个摄像头。史波尼克拒绝离开我的房间。

万一真的着火了呢？

"如果有火，我能闻出来的。"

等我回到房间里，史波尼克已经上床了。他躺在那儿，毫无章法地吹着我爷爷的口琴。

嘘，你会把大家吵醒的。

"我吹的是摇篮曲，会让大家都睡着才对。"

除非他们都聋了。

"话说，水手储物箱在哪儿呢？"

还在那套老房子里。但没用的，咱们没有钥匙，钥匙在爷爷那儿。如果我们想打开它，就得找到爷爷。

"我想过了，"史波尼克说，"如果他不在监狱里，那他可能就在澳大利亚。"

澳大利亚？

"我研究过了，很明显，当你在这个国家犯了非常严重的错误时，他们就会送你去澳大利亚。我们走吧！"

澳大利亚在世界的另一面呢。

"格拉斯哥有机场。我有百分之百的把握让他们借我们一架飞机。毕竟，我们在拯救的是他们的星球。"

那我们到了澳大利亚之后怎么办呢？

"我们四处去打听一下，直到找到认识你爷爷的人，肯定有人知道。如果他是罪犯，那就会有犯罪记录。"

你根本没找到我爷爷啊，你只是在瞎猜。

"我这个信息来源非常权威，如果你的罪行严重到坐牢也不足以惩罚，他们就会送你去澳大利亚……"

那是几百年前的事儿了，早就不那样做了。

"那你的地图呢？"

你要地图干什么？

"帮我找到你爷爷。"

那张地图标记的并不是他在哪儿，而是他去过哪儿。顺便说一句，他从来没去过澳大利亚。

"想要找到某个人，我知道的唯一方法就是从他们以前经常去哪儿开始推论。"

我把地图递给他。

史波尼克把地图竖起来，让摩尔曼斯克在最上面。然后他把地图上下翻转，让亚马孙在最上面。接着他又把地图摊平，从侧面看过去，仿佛折痕里面可能藏着微小的喜马拉雅山似的（但并没有），最后他把地图按在了窗户上。

"关灯，我给你看个东西。"

正值午夜时分。"儿童之家"坐落在山顶上。史波尼克把地图贴在窗户上时，月光透过它照了进来，犹如一只苍白的头灯。

"我觉得这个，"史波尼克说，"并不是世界地图。"他摁着地图一点点地看下去，仿佛希望借着月光可以找到什么似的。"我觉得这个，"他说，"是这个小镇的地图。你看。"

他攥住地图的各个角一通猛扯，地图变大了，纸变薄了。很快，楼下街灯组成的图案穿透了地图。他又拉了一下，地图变得更大更薄了一些。现在我能看见街灯一个个单独分开的样子了。他把地图转来转去，忽然街灯组成的图案和地图上的街道线完全重合了。

"这不是世界地图，"史波尼克说，"这是邓弗里斯的地图。你看……写着亚马孙的地方是哪儿？那是流经小镇的尼斯河。写着泰姬陵的地方……"

是罗比·彭斯纪念馆。

"比萨斜塔……"

并不斜。

"因为它实际上是邓弗里斯著名的暗箱博物馆，画着北极熊站在冰川上的摩尔曼斯克……"

是溜冰场。但是，那是不是就意味着……？意味着……这所有地方我从来没有去过。我并没有环游过世界，除了邓弗里斯，我哪儿都没去过。

"邓弗里斯很棒。'南方女王'这个称谓并不是浪得虚名的。"

可一切都是谎言。为什么？他为什么要这么做？

"不知道。我们得看到表象之下的本质。"他将地图对折，然后再次对折。"你觉得你可以折多少次？"

我把地图接过来，再折了一次，然后再折了一次，但纸太小，无法再折了。而且角已经很厚，无法再弯折了。我使尽浑身解数得出的结论是，我最多只能折六次。

史波尼克把它拿了回去。他折了第七次，把每一层压平后，他又折了一次。地图现在已经非常小了，比邮票大不了多少，却厚得和三明治一样。

"再来一次？"

他又折了一次。然后又折了一次，一次又一次。十二次，十五次，十八次，二十一次。地图越来越小，同时越来越厚，最后地图变成了一根直入云霄的线……

你确定还可以再折吗？

"再折几次就可以了。"

地图线现在已经非常细，我得使劲儿盯着，才能阻止它从我视野中消失。我眯起眼睛，也只能在它移动的时候捕捉到它的踪迹，就像大雾天里透过阳光看蜘蛛网一样。它蜿蜒地穿过了窗户玻璃，不知怎么地，我能看见它在玻璃分子之间挤来挤去。

"你在数吗？"

如果再折一次，就是二十七次了。

他又折了一次。

耳边响起一阵嗖嗖声。

闪闪发光的线如同火箭般射上空中。我试图看看它要去哪儿，但好像无穷无尽，永远也不会停下来。它飞走了，但同时它停留在原地，它在改变，但也始终如一，犹如一条向上流淌的，极其微小、明亮的萤火虫瀑布。

那是什么？

"人们说无论纸多大，你最多只能对折七次。但如果你付出努力继续折，当你对折超过二十七次，就进入了原子级。它还是你爷爷的地图，只不过现在你看到的每层都只有一个原子。它一直延伸到太阳系的边缘。"

我想象着爷爷的地图延伸到太阳系的边缘，犹如一根最坚韧的钓鱼线。我想，如果我能稍微调整一下它的话，或许就能感觉

到他在拉另一端，然后就可以把他
卷过来了。但是，尽管我能看见它，
但我的手指却感觉不到它。

"如果我继续折到一百零
三次，"史波尼克说，"这
张地图的另一端就会伸出已
知的宇宙范围了。"

那真是很远。

"每次我想家时就
会这么做，"史波尼
克说，"进入原子级。
宇宙中无论你去到
何处，原子都是

一样的。氢原子就是氢原子，氧原子就是氧原子。无论是在这儿，还是上千个星系之外。"

你会想家？可你说你没有家啊。

"并不一定要有家，才能想家。你只要想要一个家，就可以想家。你的这个小小星球的整个历史都是关于寻找家园，除此无他。你看那些维京人挥舞着战斧漂洋过海，也只是为了寻找一个属于自己的地方……"

没错。

"那座城墙上的古罗马士兵，修建澡堂，然后在雨般的水雾中嚼着橄榄，尽管距离他们的故乡几百英里，仍试图让自己感觉像在家里一样。人们乘坐着小船横渡大海，去寻找一个安全的地方登陆，寻找一个属于自己的地方。还记得乘坐火箭的莱卡吗？她拥有了整个太空。但她眺望的是什么呢？地球。她长大的地方，她的家。"

如果你没有一个可以回首眺望的地方怎么办？

"家并不是一座建筑。家是其他人，不是吗？"

如果你没有其他人怎么办？

"你有，你有爷爷。你看……"

我不知道他在哪儿。

史波尼克猛地一拉那根原子线，将它拽进来，然后聚集起来，一层层地逐步展开，直到我又能看到地图了。他在月光下移动它，直到发现乔治大街的尽头那儿，有爷爷写下的一小块色斑。

"那儿写着什么？"

写着"香格里拉"。

"难道乔治大街的尽头真的有一座魔法神话中的喜马拉雅山，但是谁都没注意到？"

不可能。

"那我们也许应该去看看那儿究竟是什么。"

香格里拉

我梳好头。

穿上制服。

吃完早饭。

刷好牙。

给自己打包了一份午餐。

说了再见。

做好这些平时上学前应该做的事后，我走到拐角处，然后挤进公交车候车亭，在那儿等史波尼克。他从逃生梯上偷偷溜了下来。

"拿上地图了吗？"他问。

我冲他摇了摇地图。

"我们走，去香格里拉。"

乔治大街的尽头只是一座巨大的房子，并没有什么喜马拉雅山。隔壁已经变成了旅馆，另一边则是公寓。香格里拉是一座老建筑，但门窗都是新的。它前方的花园里有一张大秋千椅，一个鸟食台和一个牌子，牌子上有一首诗，诗的内容是关于宛如天堂的花园。花园一侧有一个类似自行车棚的东西。通往大门的并不是台阶，而是一个斜坡。

怎样才能不被人看见，悄悄进去呢？

"为什么不能让人看见？直接按门铃然后问他们就好了啊。"

问什么？

"问他们是否愿意让你把你的老爷爷带走。他们可能巴不得赶紧摆脱他呢，因为他是个罪犯，总是惹麻烦。"

我按响了门铃。一位扎着高马尾，穿着灰色制服的男护士打开了门。

他低头看着我。"我们不提供实习岗位，如果你来这儿是为了这个的话。"他说。

"我是来看我爷爷的。"

"探视时间是下午四点。你爷爷叫什么？"

"梅洛斯，他姓梅洛斯。"

"这儿没有叫这个名字的人。"

"你确定吗？我真的觉得……"

但这个人没有在听我说话。史波尼克把脑袋歪向一边，露出全部牙齿向他微笑。

"啊，你真是太棒了！"这个人一边说，一边蹲下来，挠着史波尼克的下巴。

"嗯，是的，"史波尼克说，"我最棒，几乎一切都是最棒的。"

他和那个男人握了握手。

"他全都听得懂，每一个字。你听得懂，对不对？对不对？"

就算史波尼克真的是狗，他这样的行为也有点儿太过了。

"你叫什么名字？你叫什么名字？你叫什么可爱的名字？"

"你不用知道我的名字，"史波尼克说，"你只要听一听这个……"

接着他便吹响了清澈响亮而尖厉的口哨。他吹的是《苏格兰之花》。男护士站起来，后退了一步，他的眼睛就快要爆炸了。

"埃尔莎！"他叫道，"埃尔莎，你一定得看看这个！住客们一定得看看这个，全世界都一定得看看。快进来，快进来。顺便说一句，我叫格雷戈里。认识你真是非常，非常荣幸。"格雷戈里，似乎，他这辈子都在等待遇见一只会吹口哨的狗似的。

原来埃尔莎是老板。她完全同意格雷戈里的看法，认为老人们一定得听一听史波尼克吹口哨。现在，她让一只会吹口哨的狗成了老人们的某种可行的安慰疗法。

于是我们就这样进去了。

直接来到了休息厅。

那是一个很大的房间，大大的落地窗正对着花园。一台大电视机开着，用最大音量播放着《顶级厨师》，屏幕下方有字幕，以方便听力不好的人。靠墙摆满了椅子，每一把椅子都坐有一位老人，有些在睡觉，有些在看电视。其中一位正朝前倚着身子，冲着电视大喊道："洋葱不是这么切的！"那就是我爷爷。

他根本没有在监狱里。他只是坐在一张扶手椅上，微风穿过落地窗，轻抚着他的脸庞。

香格里拉——原来就是——一家老人院。

只是一家老人院而已。

座崎电梯

　　很久以来，我都不想对任何人诉说任何事情了。但现在，我滔滔不绝地把一切都告诉了爷爷。

　　布莱思家的一切。

　　我是如何以为他在监狱里的。

　　甚至史波尼克的一切。

　　想说话的感觉真让人兴奋。

　　"爷爷！"我说，"他们说你不在这儿。"

　　"这就是你爷爷吗？"格雷戈里说，"可他并不姓梅洛斯啊。他姓玛拉……梅莱……等一下，我从来就没记对过……"

　　爷爷从电视机前转过身来，双眼直视着我。"梅莱特克西亚，"他说，"这是巴斯克语[1]，意思是'山里的家'。"

　　爷爷今天可真够糊涂的。即使在过去那些连我名字都不记得的糟糕的日子里，自己的名字他还是记得的。"不是的，"我说，"你的姓是梅洛斯。"

1　法国和西班牙的巴斯克地区居民使用的语言。

"梅洛斯是我妻子的名字，我用这个姓是因为我懒得成天跟别人解释梅莱特克西亚怎么拼写。梅莱特克西亚，意思是'山里的家'。"

我的大脑有点儿跟不上他的节奏。"所以，也就是说我也姓梅莱……玛拉……什么的吗？我一直以为的姓并不是我真正的姓？我的名字根本不是普雷兹·梅洛斯？"但爷爷根本没有在听。

"洋葱不是那样切的！"

格雷戈里也没有在听，他正忙着把其他住客聚集起来。"所有人都应该看到这场精彩的演出。"

"等我们过来再开始。"埃尔莎说。

"有一只狗！房间里有一只狗！"一个穿着亮黄色开衫毛衣的人说。

"这只狗是给我们带来娱乐节目的。"格雷戈里说。

"一会儿就能看到了。"埃尔莎说。

"洋葱又不是木头！不要用锯！用切！"爷爷大叫道。

"爷爷，"我说，"是我！"

"噢！"他瞪着我，"啊，你来了，太好了。大家伙儿，听我说！他来了！他终于来了！"

所有其他住客都朝我看过来，我向他们挥挥手。穿黄色开衫毛衣那位也朝我挥了挥手，其他几个人说十分欢迎我。爷爷旁边的一位女士低语道："这是谁啊？"

"这位，"爷爷指着我说道，"就是我和你们说过的那个电工。"

大家听了似乎都很高兴。

"他会修灯泡、电灯开关，以及任何你想得出来的东西，他真是个见鬼的天才。去把电视修好吧，可以吗，伙计？"

伙计？

那么。

他不知道我是谁。

爷爷已经忘记我了。

"喂，快说点什么吧。"

说什么？

"电视怎么了？"史波尼克问。如果你想引起史波尼克的注意，你所要做的就是提到一些电子设备坏了。

"电视怎么了，爷爷？"希望我一直叫他爷爷的话，兴许他会想起来我是谁。

"我一早上都在努力吸引那个小伙子的注意，"他指着屏幕上那个大厨说，"他好像听不见我说话，我想肯定是某个麦克风坏了。"

"爷爷，电视机不是双向的。你能听见他说话，但他是听不到你说话的。"

"没错，就是这个问题，你说得太对了。看见没？他马上就能指出问题所在。我说过他很厉害吧。现在继续吧，去把它修好。"

"不是这样的，爷爷。电视机是听不见的。"

"你有指南册吗？"史波尼克问。

"电视没有那样的功能。"

"所有事情你都是这样说的，"史波尼克说，"指南册在哪儿？"

只有这一次，真的有一本指南册，套着一个干净的塑料袋，就放在电视机顶上。史波尼克快速地翻阅着它。"看起来非常直接。"他一边说，一边把电视机的背面转了过来，然后从双肩包里摸出了一把螺丝刀。

"我想，你开始动手之前应该先关机。"

"你总是小题大做。"史波尼克说。紧接着他喊了一声"哎哟"，电火花洒了他一身。他的苏格兰毛皮袋熊熊燃烧起来。"太牛了。"他一边说，一边用毫无保护的手直接把火拍灭。"搞定了。我是不是闻到某种可以吃的东西了，抑或是我那闷烧中的毛皮袋？总之，你只需要按一下红色按钮就可以了，他就能听见你说话了。"

那位大厨又回到了电视上。现在他已经切完洋葱了，正在用一种小工具切西葫芦，切出来的西葫芦都是螺旋条形的。

"什么？我走过的航线遍布七大洋，国王和罪犯都与我同行，但我从来没见过这么神奇的事！"

"爷爷，真的不是……"

可电视机里的大厨停下了手里的活儿。他抬起头向上看看，又向身后看看，好像听见了什么似的。

"我在这儿！"爷爷大叫道。

大厨朝镜头看过来，就像看着我们一样。"喂？"他说。

"在哪儿能买到那种螺旋刀？我想要一把。"

"梅尔，"大厨说，"这个应该发生吗？"一个戴着耳机的人走进画面中，朝镜头看过来。爷爷向他挥挥手。梅尔看起来非常茫然，但他太有礼貌了，仍旧下意识地也向爷爷挥了挥手。

到目前为止，所有的住客都已经围在了电视机前，盯着屏幕。"好嘞，继续，"爷爷说，"朝他们挥挥手。"

所有住客一起向电视挥了挥手。

梅尔和大厨也挥了挥手。

"这是某种恶作剧吗？"大厨问。

"上哪儿能买到那个扭扭刀？"

"所有良品商店都能买到这种螺卷器，"大厨说，"这是在开玩笑吗？"

"我想应该是与交互性有关，"梅尔说，"你们是在看电视吗？"

住客们异口同声地说"是的"，有些人还鼓起了掌，他们超喜欢这个。

"可以请你们小点声儿吗？或者请换个频道？我们还得把节目播完呢。"

"能换个有乔治·克鲁尼的频道吗？"坐在爷爷旁边的那位女士说道，"我喜欢他。"

"换不了，遥控器丢了，别介意！"爷爷喊道，然后拍了拍我的脑袋。"我说过他是个伟大的电工，"他说，然后问道，"你叫什么名字，孩子？"

我把目光挪移开来，不让他发现我很难过。正是这一挪，恰好看见史波尼克正往大厅里溜进去。他发现了座椅电梯。

他站在走廊正中，双手叉腰，看着楼梯顶端格雷戈里和埃尔莎扶着一个颤颤巍巍的老太太，坐上安装在轨道上的一把巨大金属椅。当她系好安全带后，椅子便开始"突突突"地动起来，然后慢慢地，慢慢地滑下了楼梯，它的发动机嗡嗡作响，如同演奏着摇篮曲一般。

"那个，"史波尼克说，"也太慢了吧。"

本来就应该慢的，那是给老人坐的。

"老人才不想那么慢呢。他们的时间已经所剩无几了，必须充分利用。让我来瞧瞧。不得不说，我真的很高兴来到这儿，这里充满了各种电子挑战。"

那位老太太从椅子上爬下来，拍了拍他的脑袋。"就是他吗？"她说，"好期待啊。我听说有一只狗会吹口哨，但我从来没听过狗吹口哨。"

史波尼克没有回答，他已经开始修理发动机了。椅子返回了楼上，一位戴着领结的老人正在那儿等着乘坐。他把拐杖横放在腿上，然后告诉格雷戈里他准备好了。

"应该能行。"史波尼克说。

你做了什么？

格雷戈里按下开关，座椅电梯发出一声尖叫。片刻之间，那位老人的表情先是有些担忧，接着变成了迷糊。椅子忽然像子弹一样射下了楼梯，然后尖叫着刹住了车。那位老人的领结松开了，他的眼睛就像月亮一样神采奕奕。

"改进非常显著。"史波尼克说。

"莱森先生！"埃尔莎倒吸了一口凉气，"你没事吧？"

莱森先生抬头看了看楼梯。

然后看了看自己的脚。

整理好领结。

他试图弄明白自己在哪儿，以及为何那么快就到了那儿。

然后他说："再来一次，再坐一次。"

埃尔莎正忙着帮他解开安全带。"我扶你出来，对不起，我不知道那是怎么回事。"

"再来一次，"莱森先生再次说道，"我想再坐一次。"

"我们马上就会让你出来的。"

"我不想出去！"莱森先生用拐杖把她推开，"我要再坐一次。"

"没问题，"史波尼克说。他按下开关，椅子像火箭一样立即升上了楼梯。"这，真，是，太，有，意，思，了！"莱森先生高呼道，"再来一次，再来一次！"

这时，楼上等着下楼的老人已经排起了队。莱森先生说他还想再来一次时，其他人都愤怒了。"不行，不行！"他们纷纷叫道，"到我了，下一个是我！"

埃尔莎都快要哭了。"我不知道是怎么回事，"她对我说，"请接受我的道歉。请给我们点时间解决这些技术难题，希望你的狗狗不会太伤心。"

很多时候，人们看到的史波尼克只是一只无辜的宠物狗，而不是他的真面貌，这真让人如释重负。

回到休息厅内，其他的住客仍然围绕在电视机前。但爷爷却靠回椅背，梦想着那个西葫芦螺卷器。"我有好几把刀，有若干个菜板。我还有一把完美的土豆削皮刀，我不会让它离开我的视线。可在我所有引以为豪的经历中，从来没见过那样的东西。"

我向他走过去。我想现在只有我们俩了，其他人都在忙，也许这时会发生点儿什么。他向我微笑着。

"你觉得他们有做电动螺卷器吗？"他说，"你能帮我弄一个吗？"

我不知道说什么。

但我想我知道该做什么了。

我从口袋里拿出地图，展开来，放在了他的腿上。他低头看着它，然后皱起眉。"这个，"他怒吼道，"你从哪儿弄来的？"

他没有给我回答的机会。他坐直身子，把手指摁在地图的一个角上。"这是一张私人地图，是我和某人之间的私人地图。你从哪儿弄来的？你是不是搜过我的水手储物箱了？"

我摇摇头。

"格雷戈里！这儿有一个小偷！一个夜盗！"

格雷戈里并没有过来。他忙得不可开交，正在努力阻止退休人员在楼梯上超速行驶。

"爷爷，这张地图是你画的，是你画给我的，你说我们一起去过了世界上的这些地方。但这并不是世界地图，而是邓弗里斯的地图。你一定记得的。"

"格雷戈里！"

格雷戈里还是没有来。

但史波尼克来了。

他说："好吧，我找到你爷爷了。现在你得给我看最后一件绝妙的东西，然后我就能走了。"

我还没找到爷爷，他还在迷失之中。

"他就坐在你面前呢。"

他不知道我是谁。

这时我有了一个想法：

你那么擅长修理东西，他坏了，你能修好他吗？

"人又不是座椅电梯，是无法修理的。人出生的时候又没有指南册。"

以前那都是我的台词。关于我的双肩包。可你还是让我飞了起来。

"说到让东西飞起来……"他注视着落地窗外。一位穿粉色开衫毛衣的老太太正骑着一辆老年代步车穿过草坪。"你怎么不早点带我来这儿呢？这里的东西真是最棒的。"然后他便消失了。

"格！雷！戈！里！！！"爷爷大叫道。

格雷戈里和埃尔莎终于来了，他们拥着四位异常兴奋的老人。老人们不间断地谈论着那个全新的升级版快速座椅电梯。埃尔莎试图让气氛平静下来。"今天早上我们已经兴奋过了，现在我们可以平静下来，好好欣赏那只会吹口哨的狗狗的表演了。那只会吹口哨的狗呢？"

她用目光四处搜寻着史波尼克。她没看见史波尼克，却看见香格里拉的绝大多数住客都站在电视机周围大喊大叫着。美食节目已经结束了，现在是一个互相对别人的私事大喊大叫的节目。老人们都对屏幕上的人非常不满。主持人看着镜头。"求你们了，"他恳求道，"不管你们是谁，求你们别喊了。我们连嘉宾喊什么都听不见了。"

"这儿到底发生了什么？"埃尔莎说，"我们为你们大家准备了一个特别惊喜。拜托了，女士们先生们，请回去坐好。"

"不好意思！你是这里的负责人吗？"

埃尔莎四处张望着，但看不见谁在说话。

"是的，她是负责人。"穿黄色开衫毛衣的那位说道。

"能麻烦你让大家平静下来吗？"那个声音说，"这应该是一个发人深省、不苟言笑的节目。"

"谁在说话？你在哪儿？"

"在这儿，电视里面。"

埃尔莎瞪着电视。屏幕上，主持人不偏不倚地指着她，叫道："你是埃尔莎吗？你是来帮助我们的吗？"

"什么？"埃尔莎倒吸了一口凉气，"你怎么知道我的名字？"

"你戴着名牌呢，"电视上的男人说道，"它说，'我是埃尔莎，我是来帮助你们的。'"

埃尔莎低头瞅了一眼自己的名牌。"可是你在电视里啊,"她说,"你是怎么看见我的呢?"

"我已经放弃跟上科技创造奇迹的脚步了,"主持人说,"我只知道你们实在太吵了。"

埃尔莎关掉了电视机。然后她闭上眼睛站定半晌,集中精力调整着呼吸。格雷戈里走过来,给了她一颗薄荷糖,他说这对消除紧张有好处。她抖抖手,摇摇头,然后说道:"镇定,镇定,记住。"她一边走向窗户,一边对自己说:"生活会变成什么样,假如整日充满着忧患,我们就没时间去驻足欣赏。"她凝视着窗外,向花朵们展露笑颜。但接下来发生的事,实在让她无法再笑得出来。

忽然间,一场玻璃雨从空中倾泻而下,噼里啪啦地掉落在院子里。

接着传来一声大叫。

紧接着出现的便是座椅电梯。不过,它已不在楼梯上了。它就像一只喝醉了酒的巨鸟一样,在天空中高速飞行着。它开足马力向上飞升,撞断了苹果树的许多树枝。

尖叫声来自莱森先生。那其实不是尖叫,而是欢呼。"快看啊!"他高呼道,"我在飞!"

原来他一个人偷偷地溜回了座椅电梯上,想再玩一次。他狠狠按下按钮,没想到用力过猛,冲出了轨道,直接撞破天窗飞到了空中。

　　"发射升空啦。"史波尼克笑着说。

　　"他会摔死的！"埃尔莎哭号着说。

　　"你们人类怎么从来不读说明书呢？"史波尼克抽了抽鼻子，说道，"快看。"

　　会飞的座椅电梯好像在空中熄火了，它摇摇晃晃地，突然向后一倒。在它上方，一个蓝白相间的降落伞华丽地打开了。风把它吹向一边。莱森先生挥着手，座椅电梯慢悠悠地飞过果园，向花园蹦跶飞去。

"格雷戈里，"爷爷咆哮道，"这个电工小伙偷了我的个人财产。"他抓住了我的胳膊肘。

"现在没空，"格雷戈里一边大叫，一边拿出手机，"我要叫消防队，我们严重违反了健康与安全部门的规定，这是红色代码。"

几分钟后，一队鲜红色的消防车来到了花园围墙内。住客们兴奋极了，他们把落地窗围了个水泄不通，鼓掌的鼓掌，挥手的挥手。

"这比乔治·克鲁尼好看。"爷爷身边那位女士说道。

史波尼克抬头看着埃尔莎，说道："当我第一次听说有一个充满魔法的神话国度，那里无人老去，人人都幸福快乐，我压根儿一个字都不相信。可现在我来到了这儿，我亲眼所见至少有一部分是对的，这儿人人都幸福快乐。干得漂亮。"

当然埃尔莎一个字也听不懂。她只是以为那只小狗在朝她汪汪叫呢。她坐了下来，双手杵着下巴，看着我说道："这里的混乱让你可怜的小狗狗感到不安了吧。平时我们都是井然有序的，而且特别安静。"她好像就要哭了。

史波尼克并没有注意到这一点。"只要人人都幸福快乐，"他说，"我在这儿的工作就结束了。我们走吧。"

去哪儿？

"带你爷爷去找他的水手储物箱，"史波尼克说，"看看里面到底是什么。"

牙齿

　　尽管爷爷不知道我是谁，却似乎知道我们要去哪儿。他从车棚里推出一辆老年代步车，爬了上去。"在无人监管的条件下我是不能骑车的。但如果连一位本领超群的电工都不能作为监管人的话，真不知道还有谁可以。跳到我后面来，"他说，"下一站：特拉奎尔花园。"

　　史波尼克坐在我和爷爷中间，我们慢悠悠地穿过桥，沿着河滨步道向前行驶。从前他来接我放学，回家时走的就是这条路；他涨潮时分的散步也是在这条路上；如果我们要去教堂，走的也是这条路。和爷爷一起出来透透气的感觉真好，尽管他并不知道我是谁。

　　我们抵达特拉奎尔花园时，麦琪夫人还在她家窗口抽烟，好像她从来没离开过，好像她就是靠抽烟活下去似的。

　　"你是回来拿东西的吗，桑迪·梅洛斯？你东西真多。"

　　爷爷那些大包小包的杂物现在已经堆在了房子前面。要搬进去的人终于把它们全清理出来，准备拿去当废品卖了。

一摞摇摇欲坠的报纸就像比萨斜塔一样倾斜地靠着楼梯。

"我可舍不得丢掉它们。"爷爷说。

"我们是来拿你的水手储物箱的，爷爷。"我提醒他。

"没错，但是先别着急。与此同时，还有很多事情需要考虑。"他指着一个装满坏灯泡的大箱子说，"话说，我的牙齿箱子呢？"

"你带着水手储物箱的钥匙吗，爷爷？"

"带着啊，从不离身。"

水手储物箱并不在外面。也许新搬来的人看见我写的便利贴，把它安全地留在屋内了。我正要上前敲门问一问，但史波尼克已经兴奋得按捺不住了。他试了试门，门开了。一阵新鲜粉刷过的，弥漫着消毒剂的气味扑面而来。门厅被粉刷成了一种清新的淡黄色，到处都如此整洁明亮。这让我觉得新的住户一定是好人，尽管他们偷走了我们的房子。

史波尼克一个箭步冲了进去。

大门并未上锁的事实本应为我敲响警钟，警示我接下来会发生的事。可我正忙着思考史波尼克和水手储物箱呢。他为它感到如此兴奋，这让我觉得很糟。我让他以为里面装着世界第十大奇迹，可我心知肚明里面只不过装满了旧袜子和剃刀而已，也许还有更多假牙。

"在这儿！"史波尼克叫道，"快来呀，爷爷，是时候打开它了！"

但爷爷正在平静地整理那堆报纸。"2012 年 6 月 7 日不见了。"他叫道。他说这句话的语气，就像是那一整天从历史里抽离了出去，而不像仅仅是一份《苏格兰人》日报不见了。他四处张望，搜寻着消失的那一天的某种踪影。

"我真的很想看看水手储物箱里有什么。如果我在这儿用枪指着他，催他快一点，不知道合不合适？"

不合适！

就在那时爷爷快步走过我们身边，从衣服下面猛地拉出了一条链子。链子上有一把小钥匙。"箱子在哪儿？"他咕哝道，"也许消失的那份《苏格兰人》就在里面。"

他推开原来他卧室的房门。房间里除了几个箱子以外，空无一物。地面是光秃秃的木地板，墙壁被粉刷成了淡蓝色。我以为他会难过，可他只是说："好啊，这样很好。去把我所有的东西都搬进来吧，好吗？"

接着他朝那两个箱子走过去，其中一个便是他的水手储物箱，另一个上面用记号笔写着"牙齿"。他先打开了牙齿箱子。我原以为里面应该装满了一副副假牙，可他拿出来的第一样东西居然是一个鲨鱼嘴，里面竖立着一根根邪恶而锋利的长牙。

"这个是在南太平洋得到的，"他说，"我用香烟换来的。"

接着，他拿出一颗拳头大小的牙齿，上面布满了复杂的雕刻。

"这是海象牙，"他说，"我自己刻的。在北极的旅程中，你总得找点什么手工活儿干干，好打发时间。"然后，他又找到了一个红色小袋子，里面有一颗黄色的狗牙。

"你知道这是什么吗？那时我在莫斯科，发现了一只小流浪狗。她有一颗牙坏了，痛不欲生。我用我的小刀帮她拔了出来，从那以后她就跟在我身边。我给她吃的，帮她洗澡，照顾她。她真是个漂亮的小家伙儿。我教她玩捡球。我有一个红色橡胶球。无论我扔多远，她总是能捡回来。我甚至还教了她像水手一样正式行礼。我想把她带回家，可他们不允许。在我回到船上之前，他们就把她从我身边带走了，还让我填了一大堆表格。因为这件事我感到心灰意冷。可一年后，我收到了一位俄罗斯海军军官的来信，他说他把她从狗狗收容所里带了出来，并且——你不会相信的——他把她训练得很好，还把她送上了太空。我想大概是因为她会行礼的原因吧。如果你要把一只狗送上火箭，你也会希望那是一只会行礼的狗。莱卡。那就是她的名字，这是她的牙。"

史波尼克看起来惊讶极了。"你……你认识莱卡？"他竟然结巴了。接着他的惊讶好像又转变为了惊吓。爷爷没时间回答，而我也没时间问怎么了。

一个女人走进了公寓，她的手里提着一桶涂料。一看见我们几个，她便扔下涂料，放声尖叫。

"淡定，女士，"史波尼克说，"我们正在交换信息，这可能对你们星球的生死存亡起到决定性的作用。"

她听到的当然不是这样。她听到的只是"汪汪汪汪"！

爷爷瞪着她，然后仿佛想起了点儿什么。"我是不是又做错了？"他说，"这儿不是我家？对不起，女士。这样吧，我来教你如何飞快地切蔬菜。请睁大你的眼睛。"他的手伸进了上衣口袋。

"爷爷，不要啊！！！"

已经太迟了，他已经拿出了他的小蔬菜刀。她已经看见了，

一声震天的尖叫。一个男人跑了进来，报了警。片刻之后，我们已经全部坐进了警车的后排。

　　其中一位警察问爷爷是不是来自香格里拉。

　　"香格里拉，"爷爷说，"并不存在。那是一个神话国度，《消失的地平线》这部电影杜撰出来的。我想在它之前应该还有本书。"

　　"它同样是邓弗里斯一家养老院的名字，一个给头脑略微混乱的老人提供服务的特殊地方。"那位警察解释道。

　　"呵呵，我可不在其中，"爷爷说，"我一点儿都不糊涂。不是我吹，我从没感觉到一点儿糊涂。不信的话你随便问。"

　　于是他们便问他住在哪儿。

　　"这段时间我在两个地方之间跑来跑去，"爷爷说，"正如你们所看见的，我随身携带着行李。"水手储物箱就在他腿上，"我不认为有任何理由可以强行让我住进疗养院，那是给意识混乱的退休老人准备的，你们觉得呢？"

那两位警察看起来开始有点儿动摇，仿佛有可能被爷爷说服似的。第一位说道："那么说吧，比如，我们不把你送到香格里拉的话……那在哪儿把你放下去呢？"

"随便哪里，你们方便就行。我又不是小孩，我能找到路。"

第二位警察说："那狗呢？"

"什么狗？"

"后排座位上，坐在你们俩中间的那只狗。"

"这儿没有狗，孩子。你肯定是在做梦吧。"

"有的，他就坐在你们俩中间。"

"你得去检查一下视力了，伙计，"爷爷说，"那不是狗，那是我的好朋友史波尼克·梅洛斯。我问你，什么狗会穿苏格兰短裙？戴飞行头盔？还戴护目镜？"

爷爷能看见史波尼克……真的能看见他……苏格兰短裙、护目镜、飞行头盔，还有许多……这真是世界上最棒的事情了。

在我和史波尼克一起做过的所有神奇的事情中——飞行、飘浮、阻挠盗贼——都有一种孤独的背景音，直到现在它停下来了，我才发觉，那是一种无法与人诉说的孤独感。

现在我有了可以诉说的人，背景音消失了，就像游完泳后耳朵啪的一声打开了。

可是……

很明显，爷爷能看见史波尼克同时也是世界上最槽糕的事。

他刚说完，那两位警察便对视一眼，点点头，几分钟后爷爷和他的水手储物箱就回到了香格里拉。

我被送回了"儿童之家"。

史波尼克被送进了狗狗收容所。

于是，那天晚上天黑时，我们三个都被锁在了门后。

爷爷的口琴

默德·贝尔听说我偷了一辆车时，整个人都惊呆了。

听说那是一辆老年代步车时，他狂笑不止，隔着三个房间我都能听到。

在"儿童之家"，当你做了什么坏事——比如坐着警车回来了——他们就会让你写保证书。他们称之为"契约"。

你应该拿出自己的承诺，但这次罗兰夫人给予了我很多帮助。

我保证，如果我担心爷爷或者其他任何人，我都会询问他们的情况。我不会再利用一辆不属于我的交通工具，利用一只不按常理出牌的狗，去绑架爷爷了。

1. 如果我不想说话，那也没问题。我可以通过短信、脸书、WhatsApp 或者便利贴去问。但我会问的。

2. 我保证，在未经允许或无人监管的条件下，不再骑别人的老年代步车——或者其他任何交通工具。

3. 不管什么理由，如果我想进入别人的家里，我保证我会先征得许可。我决不再破门而入。

4. 如果我破门而入——但我并不会这样做——我保证决不将糊涂的老人或者不按常理出牌的狗卷入我的罪行。

5. 我同意，出于爷爷在人前拔刀的行为，他需要专业的成年人进行持续性的监管。我不属于专业的成年监护人范畴。

6. 如果狗——或者其他任何流浪动物——出现在儿童之家，我保证告诉工作人员，绝不试图把这只动物藏在我床底下。

7. 不和别人说话没关系。但如果我让别人伤心，或者生气，那我就有义务纠正错误。我得靠自己想办法去完成，不说话也行（参考第一条）。

为了帮我达成第七条，第二天下午茶时分，雷和杰茜来找我时，罗兰夫人把我带了过去。她说："这家人对你这么好，这就是你纠正错误的好时机。"

他们在门厅里等我。

"你平时就住在这儿吗？"雷说，"住在城中心可真好。你有自己的房间吗？"

在我还没来得及回答前，杰茜说："史波尼克不见了，我们今天早上一觉醒来就发现他已经无影无踪了。我们是坐公交车来的，就像那天你和我那样。"

"杰茜觉得史波尼克也坐了公交车。我试图告诉她……""无论天涯海角，史波尼克都会追随着你，"杰茜说，"所有人都知道。他在这儿吗？"

第七条的主旨在于我必须做出解释说明。我正要诚实回答时，罗兰夫人说道："是的，他的确跟着普雷兹过来了。但普雷兹没有告诉我们，对吧，普雷兹？"

我正准备解释一下这个问题，可罗兰夫人滔滔不绝地说了下去。"跟他到这儿之后，他又跟着普雷兹去了他爷爷待的那家疗养院，然后普雷兹还带着爷爷出去溜了溜。"

"他真孝顺。"雷说。

"听起来也许很孝顺，"罗兰夫人说，"但等你知道他们去哪儿遛弯就不会这样觉得了。你想告诉他们吗，普雷兹？"

是的，我真的想要告诉他们，可并没有罗兰夫人想要告诉他们的欲望那么强烈。"他带他们去了以前住的那套公寓，他们仨就那么闲逛了进去，开始自得其乐。"

"偷东西了？"杰茜吸了一大口气。

"没有！"我大喊道。我真的不希望雷认为我是个小偷。

"嗯，没有偷。"罗兰夫人有些不安。她替我解释我们并没有拿走任何东西，但爷爷用小刀威胁了新来的人。

"他威胁他们？真的吗？他不是老弱多病吗？"雷说，"他不可能构成那么大的威胁啊。"

"他爷爷脑子糊涂了，"杰茜说，"是不是，普雷兹？"

他们在为我辩护。在那么多糟糕的事情中，有人为我辩护，这真让人感到安慰。于是我说："他想教她用最快的方法切胡萝卜。"

"至少我们找到史波尼克了，对吧？"杰茜笑道，"他在哪儿？在花园里吗？"

"如你所知，我们不允许养宠物。"

"所以……"

"所以我们报了警，他们把他带走了。"

"什么！为什么不给我们打电话？"杰茜哭号着。

"因为，"罗兰夫人说，"我已经在——说服警察不要因为私闯民宅和威胁他人而起诉普雷兹——这件事上使出了浑身解数。我可以继续……"

我从没想过这些。为了让我远离麻烦，她大概真的付出了很多。我记得我是个有教养的孩子，于是我说："谢谢。"

"好吧。我们得走了，去想办法把他带回来，"雷说，"回头见，普雷兹。"

他们走了。就那样，与他们的这次会面就像是忽然回到斯特拉莫迪待了两分钟。他们走后，"儿童之家"显得比过去任何时候都更大，更空。

片刻之后，门开了，雷探头进来说道："如果普雷兹跟我一起去，应该没问题吧？"这感觉真好。

"嗯，应该没问题。"罗兰夫人说，"但你们结束后记得一定要把他送回来。他不在这儿的话，我会挂念他的。"

我们一起向警察局走去。一路他俩都没有对彼此说话，我们都没有说话。杰茜和雷好像知道对方在想什么，要说什么似的。

可他们不知道我在想些什么，我在想人行道上那些松脆的、随风飘舞的、红色和金色的树叶。从树上坠落下来的树叶，喋喋不休地说着"这个星球马上就要收缩了"的树叶。

警察局里弥漫着消毒剂和咖啡的味道，但如果我集中注意力的话，还是能捕捉到一丝丝狗臭味的。

桌旁有一位脾气极其不好的警官。"失踪动物叫什么名字？"她说。

"史波尼克。"杰茜说。

"我们这儿的那只狗，领结上不是这个名字。"这位警官说道，她正翻阅着从桌子下方拿出来的一个厚重的记事本。

"啊，领结，"雷说，"那不是他的领结，那是我们家老狗的领结。这只狗是流浪狗。"

"他才出现不久，"杰茜说，"我们以为他可能有主人，所以还在脸书上查找过关于他的信息。"

"苏格兰法律规定，狗必须佩戴领结，领结上必须清楚地写有名字和主人家的地址。"

"可他戴着领结呢，你刚刚告诉过我们的。"

"但你们又说那不是他的领结。同时你们还应当保证他在控制之中，但很显然你们并没有做到，否则他也不会在这儿。如果想带他回去的话，你们得签订一个协议。"

"没问题。"雷说。

"你几岁了？"

"十六，就快满十七了。"

"那问题来了，你得满十八岁才能签字。"

"没关系，"雷说，"我们很乐意在这儿等到我满十八岁。介意我们坐下吗？"

那位警官给了他一个白眼。

"我们能不能只是去看看他，确定他是否还好？"杰茜说，"你们的那只狗也许根本不是我们要找的。"

警察局背后的停车场里，天马上就要黑了。那儿有几辆警车，一个移动办公室，还有，在最漆黑的角落里有一个大水坑，坑里有一个金属笼子，笼子周围包着一层铁丝网。

一开始我以为史波尼克不在那儿。接着我便看见那个角落里有一堆湿衣服。那就是他，他蜷成一团，紧紧地抱着自己的双肩包。他的目光冷冽，领结被一根绳子用酒瓶结系在笼子围栏上。

我们所有在一起的时光里，史波尼克总是很吵。他不是在大喊，就是在高歌，或者横冲直撞，爆发旋风般的喧嚣。我从来没见过他这么安静。

"他在那儿，但他看上去好哀伤啊！"杰茜说，"我们不能带他走吗？"

"没签字就不能带走。你们俩的年龄都不够，没法签字。"

"可是接下来他会怎么样呢？"

"如同你们自己承认的那样，他是只流浪狗，这样的狗我们会叫动物救助站的人来把他带走。如果他们不来接，我将采取措施把他销毁。"

"销毁？"杰茜号叫起来，"不要啊，求你了。"

"没事的，"雷说，"我去给妈妈打电话，我相信她会签字的。"

"她会抓狂的。"杰茜说。

"她电话里会抓狂，但一定会在开车过来的路上冷静下来的。"

停车场里信号不好，于是他们进去使用警用电话，我则和史波尼克待在一起。

真对不起，害你被捕了。

他没有回答。

我知道现在可能不是最好的时机，但是……你知道的……清单？拯救地球？

"算了吧。"

这不能算了啊，这是我的家，我所有的东西都在这儿。我必须想办法拯救它。我们已经有九件事情了，现在只需要……

"反正它也持续不了太久。"

什么？！

"就算我们现在成功拯救了它，最多也只能让它再运行三千万年。"

那已经很久了，那是整个人类历史的三十倍之久。

"听起来是很久，但比它发出的星光穿过一个星系的时间还短，就是一眨眼的工夫，差不多吧。总之，现在一切都结束了。所以我要赶在大收缩之前离开这儿。你身上还带着那把小刀吗？"

可你不能就这么走了啊，你答应过会照顾我的。

"啊，对不起，我早该对你说的。那是个误会，我根本就不应该照顾你的。即使是史波尼克也会犯错，很显然。拜托，帮我把绳子割开。"

什么？误会！什么样的误会？

"别担心，这不是你的错。"

我知道这不是我的错，很显然这不是我的错！这怎么可能是我的错？

"只是搞了个乌龙罢了。我会弥补的。我会给你提供一个特别的职位，只要你帮我割开绳子。"

于是我取出爷爷给我的那把小刀，割断了绳子。他转了转脑袋，放松了一下脖子。

一个弥补地球毁灭的特殊职位吗？什么样的特殊职位？

"跟我走。"

什么？

"你可以跟我走，浪迹宇宙，像一颗彗星一样。你的整个世界都将毁灭，但这个星球上发生的一切都和你没有关系，因为你仍然拥有……我。"

我思考了差不多十秒钟，我想到了流星、星云和气体组成的海洋。我不知道怎么才能做到，但我知道那一定很疯狂，一定精彩绝伦。和史波尼克有关的一切都是疯狂而又精彩绝伦的。

我说，我大声地说："不。谢谢。但是不用了。"

"什么？你知道你的星球即将收缩，不复存在吗？"

爷爷还得有人照料。在那儿看见他时，我想，他们并不知道他多喜欢喝茶，他们并不知道在他生气的时候如何让他平静下来，他们并不带他出门散步。

"整个世界都要毁灭了，你根本用不着为他的下午茶担心了。"

如果整个世界都要毁灭了，那我真的希望他能喝上一杯好茶。

"他连你是谁都不知道。"

可我知道他是谁。

史波尼克除了说"再见"，别的什么也没再说。对了，他还把爷爷的口琴还给了我。"也许他会想为你吹上一曲。"

我回到警察局内，听见杰茜和雷正在电话中和他们的妈妈争吵着。她一定是说了诸如——把史波尼克带回去也是没有意义的，因为他根本不想住在农场，而是想跟我住在一起——之类的话，因为杰茜说："那为什么不让普雷兹也和我们住在一起呢？那样就全都解决了啊。"

雷说："杰茜，你不能只因为想养他的狗，就叫这个人和你住在一起。"

"除了狗，他还有很多事情我都喜欢。你也喜欢他啊，妈妈。他会把碗从洗碗机里拿出来，他会捡鸡蛋，还会做很好吃的番茄酱。求你了……"

一阵长长的停顿。我不确定自己是否希望听见她的答复。于是我举起手大声地说："别为史波尼克担心。"他们都向我看过来——杰茜、雷，还有那位脾气不好的警官。"史波尼克，"我说，"他有他自己的打算。"

"什么打算？"雷问。

但我还没来得及回答，一阵巨响淹没了我。那并不是应当在警察局发出的声响，我看得出其他人谁也不明白那是什么，但我马上就知道了。此前我听过这样的声音，就在几个星期前的生日派对上。那是一把红色激光剑熔化了金属的声音。

那声音停了下来，然后随着一声巨响，金属倒在了石头地面上，上下震动了几次方才渐渐平静。

铁笼的围栏就像香蕉一样被切开了，它们在地上滚来滚去。空气中弥漫着金属燃烧的刺鼻气味。

"发生了什么事？"

"史波尼克呢？"

所有人都看着我，好像我知道一样。我确实知道。

杰茜开始哭了："你说你会照顾好他的！现在他不见了！"

那位警官在院子里四处张望着，但她并没有在找史波尼克。

"一分钟之前这儿还停着一辆警车的，"她说，"一辆应急车，它就停在这儿的。"

她指着一片空地说道。

就在这时，警笛响了，一辆蓝黄相间的警车呼啸着通过了大门。

明信片

　　"你知道吗，"在送我回儿童之家的路上，雷说，"当时，史波尼克流浪到了斯特拉莫迪——也许他只是决定去另一个地方流浪罢了。有些人就喜欢这样，他们不喜欢定居，而是喜欢四处漂泊。他和我们共度了一段时光，我们倍感荣幸。也许等我毕业后我也会那样做——去环游世界，试着看看它的全貌。而且，我遇到的人，嗯，他们也会为遇到我而感到荣幸。"

　　他们离开"儿童之家"时已经很晚了。"妈妈"在停在门外的车子里等着他们。杰茜和雷没有告诉任何人就来了邓弗里斯，我能看出他们有麻烦了，但她仍然对我很客气。她说随时都欢迎我回去，然后开车走了。

　　我回到房间，直到整座房子都安静下来后，我才悄悄地溜了出去，来到逃生梯上，试试看能不能在天狼星附近发现什么异象。他走后，就连星星看起来也不一样了。当你在斯特拉莫迪的夜里仰望星空时，你会发现天空就像一块被发光的细砂糖盖得透不过气的天鹅绒。而在城里时，却只能看见一块有着稀稀拉拉百来个污点的黑板。

史波尼克离去时，把半个星系都一并带走了。

我想无休无止地谈论他，我害怕如果不这样做，也许我就会把他忘得一干二净。但我只有一个人可以倾诉。除我之外，只有这个人见过他。

爷爷。

我向罗兰夫人保证过，如果我担心爷爷，就会说出来。于是我给她发了个短信，说我想见他。她回复了我一个笑脸，然后给香格里拉疗养院打了电话，甚至开车送我过去。

埃尔莎似乎很高兴见到我。"上次你过来时，"她笑着说，"我们的座椅电梯正巧失灵了，不过现在已经全搞定了。你爷爷就在休息厅里等着你呢。我带你过去吧。"

但他并不在休息厅里。

"啊，也许他在院子里透气呢。"

他也并不在那儿。

"也许在庭院里？"

那儿也没人。

"他一定是回房间了，有时候他搞不清楚时间。我上去看看。"

我也跟着她上了楼。

"你不用跟来，我会把他带下来的，"她说，"休息厅里有茶和点心。"

不说话的一个好处是，你不必解释为什么不听从安排。于是我跟着她来到了爷爷的房间。

房间很整洁，东西很少。和之前家里他营造的那个杂乱无章的洞穴似的房间截然不同。房间里有一张床、一个床头桌、一个衣柜。

但是没有爷爷。

"别担心，他不会走远的。"

不，你错了，他会的，我想到。床头桌上有几张明信片和一张我的证件照。明信片上是伦布莱肯湾的风光。

埃尔莎看见我在看明信片。"这些是我们给他的。我们一直在向他说明你是谁，还有他去过哪儿。希望等我们找到他时，他能认出你来。我们下了很多功夫，帮他把这些东西和关于它们的美好记忆重新建立起联结。我们采用了音乐、诗歌。大脑运转的模式真是很神奇，尽管它现在运转得并不是那么正常。好嘞，躲猫猫开始了。"

但我发现了别的东西，有一张明信片夹在一本小册子里。我拿了起来，《索尔韦湾潮汐时刻表》，夹着明信片的那一页正是今天，涨潮时间下方有一条下划线。

伦布莱肯湾——15:33

还有，爷爷并不是这个房间里唯一消失的东西。

水手储物箱也不见了。

爷爷逃去海边了。

我默默地问自己，史波尼克会怎么做？

然后我马上意识到，他很可能将一些高致命性爆炸事件和九死一生的危险场景卷入其中。

我得制定一个自己的计划。

埃尔莎把我留在庭院里，给了我一碟酥饼、几只茶杯，另外向我保证不出一会儿她就会把爷爷带回来。站在窗口的莱森先生正在观看鸟食台上的几只蓝冠山雀。他没有转身，只是低语道："你爷爷跑了。"

我没有回答，我想我可能已经想象出来了。他说："吃早餐那会儿，他把他的水手储物箱用座椅电梯降下来，然后绑在一辆老年代步车的后座上，匆匆离开了。他逃走了。"

我知道他说的都是真的。

距离涨潮还有两个小时，可伦布莱肯湾远在天边。如果他在涨潮时到达海湾，我真的不敢去想会发生些什么。我没有计划，只能立即赶过去。

"请再给我们一点儿时间，"埃尔莎说，"我们去厕所里找一下，有时候他们会把自己锁在里面。"

我点点头，给了她一个微笑，然后在她转身那一刹那便飞也似的冲出前门，跑进了车道。

我刚跑上乔治大街，身后便响起了一阵喇叭声。一辆老年代步车正在赶超我，司机是莱森先生。"上车。"他说。

用老年代步车？去追逃走的爷爷？

"他骑的也是老年代步车，我的驾驶技术可比他强多了。你还有别的选择吗？快点儿，跳上后面来，我们行动吧！"

　　当我坐在老年代步车的后座上，乘着它嘟嘟嘟地，超级缓慢地穿过大桥，一点一点地爬上山，朝辅道驶去。这时，我对史波尼克的思念是如此热切，史无前例。我知道他一定会改造发动机，让它飞起来，或者以超音速前进，或者毁灭一切挡住路的车辆。那天，最惊险的事情是，在一个红绿灯路口，一辆送奶车停在了我们旁边，送奶工叫我们离开公路，不要堵塞交通。

　　"你应该走人行道！你这样是违法的。"送奶工叫道。

　　"别跟我提法律！"莱森先生喊道，"我是高级法院的退休法官，我完全有权在这条路上行驶。既然你对法律一无所知，你最好收下这个。"他把自己的名片递给了那个人。"如果你遇到任何法律问题，给我打电话。"他说。

我们嘟嘟嘟地走上了辅道，一辆辆汽车唰唰地从我们身边经过。太阳慢慢跌向山峰，我想，在我身后的某个地方，月亮就要升起，就要把海浪拽上海湾了。

　　道格拉斯城堡匝道在进行道路施工，于是我们离开公路，开上了草坪，蹦蹦跳跳地向前行驶，只有这一次我们超过了别人。就在这时，我忽然有了个主意。

　　堵车的队伍里有一辆拖挂房车，它会不会是要去伦布莱肯湾的呢？不，你怎么知道呢？我们继续向前走。拖着那辆房车的司机正在打电话。他的后窗上有一张贴纸："我一直隆隆移动！在伦布莱肯¹湾房车营地。"

　　我越过莱森先生，捏住了刹车。"你在干什么？我才是司机！"

　　我对他"嘘"了一声，然后告诉他跟我走。我试图装成只是在那儿散步一样。

　　"别看那辆房车，"我低声说，"一眼都不能看。"

　　我们经过了它身边，但就在最后一秒，我快速地转过身，打开了房车门，爬了进去。

　　我转身正要关门时，发现莱森先生已经跟着我也进来了。

　　"不，不，"我喝止道，"你可以回香格里拉了，骑你的代步车回去。"

　　"你一旦离开了香格里拉，"他说，"就绝不会再回头。这

1　"伦布莱肯"的意思是"隆隆滚动的石堆"。

儿真舒服。"他朝车上的小厨房走去。"我想你也许会发现，这次小小的冒险会使你陷入某些法律问题，你可能会需要从我这儿得到宝贵的专家建议。啊——水壶！做个乖孩子，给我们沏杯茶吧。我们自由了。"

莱森先生大方地把那辆房车当成了自己家。他尽情地吃了些饼干，然后窝在床上，读起了一本关于露营的杂志。

我在窗户下面发现了一张折叠小沙发。我坐在那儿看着纱窗外的群山和农场向后退去，只希望这辆房车今天真的是去海湾的，并且不是乘渡轮去爱尔兰的。

不久，咕咕宫的摇摆塔楼兀自从树丛间冒了出来。我们沿着田间小路向咕咕宫蜿蜒前行，它好像转过了脸面向房车，似乎很高兴见到我们。

大雁在我们头顶上鸣叫着。

房车开始剧烈颠簸。我们已经走上了通往默斯滩涂分界线的那条小路。现在我们的速度很慢。我轻松地打开了房车门，回头朝莱森先生一看。他向我竖起了大拇指，然后我便跳了出去。

房车的速度比我想象的要快。我失去了重心，从湿漉漉的草地上滚了下去。

水手储物箱

我躺在那儿看了一会儿云，渐渐缓过神来，活着的感觉真好。然后我想起了我的任务。

我站起来，映入眼帘的第一个东西便是一辆红色老年代步车，它陷在一条小溪里，后轮凌空，车头插进了淤泥里。

"爷爷！"

我在遇难的代步车周边搜寻了一圈，以防他摔进了淤泥里。可连脚印都没有，无影无踪。严格地说，没有爷爷的任何痕迹，但有一个巨大的告示牌，上面写着："危险！小心溺水！涨潮时水流湍急！"它旁边的淤泥里有一根很粗的直线痕迹，仿佛有人刚刚拖着一台冰箱从这儿走向了海边。

不，那不是冰箱。

那是水手储物箱。

我向默斯滩涂眺望着，顺着那痕迹向前看去。太阳在滩涂上的倒影如此明亮，仿佛一盏头灯直射着我的双眼。

两点半了。

那外面的某个地方，潮汐已经来了。

我沿着滩涂上的轨迹跋涉，左右搜寻着他的踪迹。我想那就是为什么我没留意到脚下有一大团蓝色绳子的原因。我被绊倒了，脸朝下平平地摔在淤泥里。我向上看去，贴近地平面看过去，世界大有不同。群山笼罩在闪耀的光芒中，但你仍然可以清楚地看见地面。我看见许多长腿水鸟在各处扎着猛子，看见三文鱼杆就像一排警察一样竖立在我左手边，看见爬满藤壶的岩石高高耸立着，然后我看见了一个人影，他一边弓着背向前走，一边拖着一个沉重的箱子。他正径直向海里走去。

　　"爷爷！"我跳了起来。

　　当我站起来时，发现脚下有些不一样，我刚刚摔倒的地方形成了一个淤泥坑。我刚拔腿走出来，水就回流了进去。只是涓涓细流，但却是一股稳定的涓涓细流，一股停不下来的涓涓细流。

　　开始涨潮了。

　　我弯着腰在淤泥里奔跑，这样就能避开眩光。我一边连滚带爬地前进，一边放声大喊："爷爷！爷爷！"离他越近，我越发清楚地看见了险情。每一条小溪和蜿蜒的凹陷处，以及我的每一个脚印里都溢满了水。水已经漫上平坦的淤泥了。一层浅水在淤泥表面漫延开来，闪闪发光。水让整片默斯滩涂变得难以直视。整个海湾变成了一个巨大的浴缸，时间一分一秒地过去，它正变得越来越满。

　　"爷爷！！！"他转过了身。我以为他会就此停下脚步，可他只是换了个方向，朝左手边继续走过去。

　　他停了下来，环顾四周，然后回头向我大喊道："快来！我们就要错过它了！"他加快步伐，继续向前，愈走愈远。

我赶上了他。我正试着让自己的呼吸恢复平静时，他说："好小伙儿，我知道你会来的，我希望你会来。这个东西真的太重了，你能帮我拖一会儿吗？"

"爷爷，马上就要涨潮了。"

"嗯，我知道。如果不涨潮，我的船怎么进得来呢？"

"我们会溺水的，爷爷，我们得赶快回去。"

"我走过的航线遍布七大洋，国王和罪犯都与我同行，但我一次也没有溺过水。码头就在那边。"他继续走着。"事实上，"他说，"我想起来一些事情了。"

他想起了什么？我？我的名字？

"很多年来，每当涨潮来临时，我都会出去等我的船，可它永远都不在那儿。直到今天我终于想起来了，船只根本不会在邓弗里斯停靠，邓弗里斯连码头都没有。它会来这儿，你看，那儿有一个码头。"

在我们前方几百码的地方有一个老码头，细碎的海浪已经在它周围溅起白色的浪花。但如果我们走到那儿，也许就能用力爬上去，或者至少可以抓住什么东西。我猛地把储物箱一拽，它并没有我想象中的那么重。我努力地加快脚步，期盼能战胜潮汐。如果我做了他想做的——但必须抓紧时间——我们就有机会全身而退。

接着我们遇见了一条小溪，一股潺潺的褐色水流蜿蜒地把我们和安全的地方隔绝了开来。

"真是没办法，"爷爷说着便大步流星地走进了水里，"我可不想错过这艘船。"

　　"别过去，爷爷，求你了，你会感冒的。"他要是感冒了，就会得一场大病，因为他已经老了。他在激流中跋涉着。我用力拖着箱子朝前走。水飞快地流过我的双腿，即使只有几英寸深，但我仍然能感觉到它在猛烈地拉扯着我。等它漫到我腰部时，那该有多大的力量啊？我把脚从水底的淤泥里拔了出来，站上了小溪对面的滩涂。

　　而水手储物箱却没有。

　　它向后倾斜，尾部陷了进去，就像一艘在运河里装满了货物的船一样。

　　"小心点儿！"爷爷大喊道，"你搁浅了！"

　　"小心！我们就要溺水了。"

　　"把它拽上来，孩子，它会出来的。我们会让它再次浮起来的。"

　　"我们得舍弃它了。"

　　"不能把它搁浅在岸上，我所有的记忆都在里面。"

　　"不是记忆，是回忆。那里面怎么会有你的回忆？你连我是谁都不知道。"

　　"你是普雷斯顿·梅洛斯，我孙子。你的中间名是阿瑟，生日是五月二十六日。你刚开始进入邓弗里斯学院学习。你非常有教养，还烧得一手好菜。你想象自己是一名电工，但你并不是。还有别的吗？"

我愣住了。我真想拥抱他，真想原地跳跃几下，但我担心那样会陷入淤泥里。我差点儿以为他再也认不出我了。他说出那些话的语气，仿佛是刚刚才想起来的，仿佛他所有的回忆都逐渐涌上了心头。

　　接着爷爷说道："是你，以前涨潮时你经常和我一起过来，你告诉我，我刚刚错过了我的船。"

　　"然后我们就会买一份薯条去公园里吃。"

　　"你明明知道，你知道那儿并没有船，你只是好心而已。"

　　当他找回了一些回忆时，你看着他的脸，就像看着一个从迷雾中渐渐向你走来的人一样。一开始只是一个轮廓，然后有了颜色，最后是一张脸，丰富的表情和所有一切。

　　"那个小把戏是我教给你的。"

　　"什么把戏？"

　　"你小时候，我也对你做过同样的事。你妈妈走的时候，我不知道该对这么一个小家伙做些什么。于是我常常带你在城里溜达，告诉你我们去过各种各样的地方，经历过各种各样的冒险。我还画了张地图给你。"

　　我从口袋里拿出了那张地图。"就是这个！"我说，"你看。我收着呢。"我举起了那张实际上是邓弗里斯地图的世界地图。

　　"是啊，就是它。"

　　"所以那些地方我都从来没有去过？亚马孙？泰姬陵？"

　　"是的，你最远只到过斯特拉莫迪。"

　　"哦。"

"你还有很多事情要做，你可以把它们都加入你的愿望清单，并在未来逐一划掉。"

"如果我们不尽快离开这儿，我就没有机会了。我们最好现在就动起来。"

我正说着，一个巨浪便打上了码头。白色的泡沫在空气中砰砰爆炸。我们已经无法到达那里了。

我朝反方向的海岸边看去。波浪如镰刀般低扫过海滩，撞上岩石，在三文鱼杆周围碎裂开来。那边也不能去。

我朝我们来时的路望去，那条小溪已经决堤了，水手储物箱有一半沉入了漩涡中。

那边也不能去。

我们被困住了，在一片泥滩上，大概就一辆房车那么大的一片泥滩。随着水位一分一秒地升高，它正变得越来越小。

我做的一切都是为了努力照顾好他，可不知怎么地，我却让一切变得更糟了。我过来之前，只有一个人会溺水。现在，多亏了我，溺水的变成了两个人，并且其中一个是我。就像史波尼克原本是要来照顾我的，最后的结果却是让整个星球陷入危险之中。

现在我关心的不再是这个星球了，我关心的只有爷爷。

尽管爷爷只关心他的水手储物箱。他用力拽住它，使劲往外拖，手不停地滑脱，又重新努力地抓牢。

"爷爷，别管它了！那没有意义！"

"它有浮力，"他说，"如果我们能把它挪出来，就能靠它救命了。也许我们可以站在上面。等我的船来了，他们就会发现我们，把我们接上去，给我们一小杯朗姆酒。"

我不再纠结是说"不会有船的"，还是说"我太小了还不能喝酒"。我只是说："好主意！"然后跳进水里，在他向上推的同时，我与他合力往上拉。箱子翻滚了几下，啪嗒翻倒在滩涂上。我们连忙爬了上去。这时，他的口琴从我口袋中掉了出来。

"那是我的，"他说着便捡了起来，"你拿它做什么？"

"有人把它偷走了，然后又还了回来。我正要把它给你呢。"

他把口琴含在口中，吹响了一支曲子。我已经听惯了史波尼克吹出的那种像勒死鸡一样的声音，都忘了它还能演奏音乐。音符飘过水面，和海浪、泡沫、海鸥的声音融合在一起。这首曲子叫作《带我去月球》。以前他最喜欢吹这首曲子。我忘了。"啊，真滑稽，"我想，"我也有忘事的时候。"伴随着他吹出的音乐，我开始歌唱，大海则在水手储物箱上敲击着鼓点。然后我想，我们还能做什么呢？

爷爷是第一个看见海浪的。他用胳膊肘推了推我，然后冲海岸努了努嘴，但并没有停下演奏。一团白色的泡沫穿过海湾迅速向我们涌来，一个 V 字形的海浪在它后方延伸开来，仿佛大海是一件巨大的棕色连帽夹克，正在拉开拉链一样，它的发动机隆隆作响。爷爷吹得越快，它似乎也移动得越快。然后发动机停了下来。

那个驾驶着和老年代步车一模一样的交通工具，在浪尖里上下翻飞的人，正是史波尼克。

"所以那就是口琴应该发出的声音，"他说，"我告诉过你应该把它写进清单的！"

"史波尼克！"

"谁知道这玩意儿有水翼呢？"他大叫道。

"老年代步车没有水翼。"

"噢，有的，有水翼。都在指南册里写着呢，就安全地装在驾驶座下面，当然还没有打开过。为什么谁都不看指南册呢？"

他看着爷爷说道："爷爷，很荣幸认识你。对不起，上次见到你时，我没认出来。但现在我更了解你了。我要代一位老朋友向你转达问候。"他直起身子，行了个礼。这时——也许是光线的原因，也许是我眼里进了咸水的原因——就在那一瞬间，当他的手臂举至额头时，他看上去就像一只邋遢的小狗，但却是一只戴着太空头盔的邋遢小狗。

"莱卡！"爷爷喊道。

"她说你会记得的。"史波尼克说。

"是啊，我记得。"爷爷说。

"我扶着她稳稳地登上了船，很快我们也会把你送回岸上的。"

"没有我的水手储物箱，我哪儿也不去。"

"当然，"史波尼克说，"我非常渴望看看里面有什么。普雷兹，快从箱子上跳下去。"

我跳了下来。现在，水已经淹到我肚脐眼了。我扶爷爷爬上老年代步车，坐到史波尼克身后，然后一起抓住储物箱，他往上拉，我往上推，我们合力把它抬上了代步车。我们刚把它放好，它便滑倒了，盖子一下子打开了。

"快关上！快！"爷爷大喊道，"我所有的记忆都会被吹走的。"

就在那时，我终于看见爷爷在水手储物箱里装的是什么了。我不确定自己曾经期望的是什么。也许是衣服，或者饰品，或者他在旅途中收集的一些小工具。可里面并不是这些东西。箱子之所以出乎意料那么轻的原因是，那是满满一箱黄色便利贴，每一张便利贴上都列有一份清单，那全是我手写的清单。这些年来我写给他的所有提示信息都装在了这个箱子里，我能看见诸如"星期二""牙医"之类的字迹，还有写着"普雷兹是你孙子""你住在邓弗里斯"这样的句子，那是在他彻底糊涂时，我写下的最后几张便利贴。

记忆。

"我一生的日子都在那儿，"爷爷说，"我和普雷兹共度的所有日子。当我神志不清时，他总会想办法帮我保存下来。就像一名优秀的水手，不停地为漏水的船只排水。"

史波尼克愣住了。我想他一定会很生气，我差不多让他以为里面全是宝藏了，而不是旧便利贴。

"我想要记住他做出的努力，"爷爷说，"即使我并不记得真的发生过什么。"

"那真是，"史波尼克说，"史上最神奇的事情了。"他取出记事本，写了些什么。然后他停顿片刻。"你们是怎么称呼它的？"他说。

"便利贴。"

"不是。是那个东西，那个你用来做这件事的东西？"

"笔？"

"不是。是那个结，即使陷于湍急的涨潮水流中，身处有溺水危险的默斯滩涂上，仍然把你们俩系在一起的那个结。"

"哦，那个啊。"我试着回想努力帮助爷爷的缘由。害怕失去他，希望他不要改变，希望他安然无恙，希望看见他大笑，希望和他一起大笑，想要我们一起大笑时的那种感觉。家的感觉，想要那种感觉重现，想要一个家。

"我也不知道，我觉得没有词语可以形容那种结。也许人类就是这样吧。"

"那我自己想想，"史波尼克说，"下次见面时我再告诉你。"

他发动引擎，掉转车头，溅了我一脸水。

"嘿，等等我！"我大叫道。

"没位置了，不好意思。"史波尼克说。

"可你不是应该照顾我吗？"

"哎哟喂，那是个见鬼的乌龙。我应该照料的人一直都应该是你爷爷。"

"可是……"

"你会没事的，水才淹到你的胸部。不要试图游泳，继续走。保持镇定，留心脚下。如果感觉地面塌陷了，就游泳吧。祝你好运。"他加速运转引擎，又溅了我一头一脸。然后他降低油门，直到空挡状态。"差点儿忘了，莱卡叫我把这个给你。"

他把手伸进双肩包里。

"得先确认一下我的安全带有没有系紧。因为有这个礼物，我才能在这儿的重力条件下待在地面上。"

他系紧安全带，然后从双肩包里拿出了带有几个牙印的那只旧橡胶球，正是第一天夜里他给我看的那个。

"真可爱，"爷爷说，"此前我常常和她玩捡球游戏。"

"我知道。她都记着呢。"史波尼克说。

我说："这就是你之前和她玩的那个球吗？"

"这个？一个橡胶球？不！"史波尼克哈哈大笑，"这是我的星球。收缩以后就变成了这样。"

现在我终于能看出那压根儿就不是橡胶球了。它就在他掌心上方凌空旋转着，犹如一颗盆景星球似的。我以为是牙印的那些东西其实是极小的山脉。还有一团红色的旋涡，就像一片迷你海洋。

"冰水已经涨到我脖子了，"我颤抖着，"如果有搭车机会的话……"

他忽略了我。"普雷兹会告诉你的，"史波尼克对爷爷说，"我平时是不玩捡球游戏的，但如果你扔这个的话，我倒是有点兴趣。和梅洛斯爷爷玩捡球是我的荣幸。"

他把那个小球递给爷爷。爷爷刚接过去，便痛得发出一声尖叫，接着立刻抽回手，好像被它烧伤了似的。小球掉入水里时掀起了一阵惊涛骇浪，直接把我卷到几码之外的海里。

"应该提醒你一下的，"史波尼克说，"虽然它收缩了，但它的质量仍然和几百万年前我们住在上面那会儿一样。我的双肩包内的重力是不一样的。"

海浪在我们周围汹涌起伏着。

"它沉到海底了吗？"爷爷叫道，"我不是故意弄丢你的母星的。"

"不仅沉到海底，还会穿过去，掉进地球的地壳里。也许会在你们的星球上穿一个洞。这可真烦人。我来这儿是为了拯救你们的星球，现在我却好像造成了一个大洞。可能马上就要引发海啸了。给你们带来了不便，我深感抱歉。"

伴随着一阵恐怖的抽水声，水从我身边冲了过去。盆景星球形成的洞就像一个涡轮增压的放水孔，好像整个海湾里的水都在向内灌进去。我看见老年代步车旋转起来，然后像箭一样"咻"地射了出去。

后来发生的事我不太记得了，只记得前一分钟我还在漆黑的深水中，下一分钟我就平躺在沙丘上了。

我苏醒后，慢慢爬上了沙丘。所有的房车都盖满了巨浪冲上来的海藻。莱森先生正站在其中一辆拖挂房车外面，谴责车主意图绑架他。

"可我们根本不知道你在里面啊！你是怎么进去的？你肯定非法入侵了。"

"别对我说法律术语，"他说，"我是一名高院退休法官。"

再往上，我发现爷爷和史波尼克被海藻缠住了，他俩侧躺在草丛中，一边大笑，一边聊天。

"我在等着和你说再见呢，"史波尼克说，"再见。"

他解下皮革领结，交给了我。"这不属于我。"他说，然后他松开了安全带。就在那一刻，他飘了起来。一阵微风吹来，他便像一朵云一样飘走了。

我追过去，喊道："就这样了吗？这个星球会收缩吗？现在我该怎么办？"

"不会的，"史波尼克说，"我已经找到清单上的第十条了。就是那个结。"

"什么结？"

"家。你完全弄错了家的定义。你暂时只是个孩子，但你在寻找的是一个永远的家。可你一直以来都找错了地方。我说过，建筑是很无聊的。家并不是建筑。人们会离开建筑，建筑也会倒塌。就连斯特拉莫迪也会改变。雷会搬走，去周游世界，那儿就变成了不一样的地方。行星会收缩，恒星会爆炸。有星球诞生，也有星球灭亡，新旧交替，此消彼长。家不是地图上的一个地点，也不是你来自的地方，而是你要去的地方。所有你感觉像在家里的时刻——它们只是地图上的标记，都在帮助你找到回家的路。"

"你不能就这样离开我，我将会无依无靠。"

"我说过，我是一颗彗星。我走上一圈再回来时，手套会在我的另一只手上。"

"但那太久了，几百万年。"

"时间不是一根直线，狗类纪年也和人类的不一样，所有人都知道。"

"史波尼克，求你了……"

"这么说吧，你出去经历了一番冒险，然后你就回家了，对不对？嗯，这就是这个宇宙现在在做的事情。自从宇宙大爆炸以来，它一直在进行着探索未知的冒险。但是，它回到原点的那一天终将到来。一切都会回家，一切破碎的都将完好如初，一切被遗忘的都将被忆起。就像史上最大的反转炸药爆炸了一样。那时，我们所有人都会一起回去，一起再次回家。"

"可是到那时……"

"接着这个，纪念品。"

他向我扔出了他的记事本，它就像一只红色的鸟儿一样向我翩翩飞来。

你不需要了吗？不是要用来拯救地球的吗？

"嗯，不需要了。全都已经在这儿了。"他指了指自己的脑袋，"还有这儿。"他指了指自己的心。"仔细留意第十条哦。"

此时，再竭力大喊也无济于事了。他已经飞得那么高，听不见了。而且他还在越飞越高。我追随着他，不看脚下，却仰望着他。当他变成一个小小的黑点时，我又回到了海湾里。我无依无靠了。

我转身回到岸上。有两个大家伙向我走来，是杰茜和"爸爸"，骑着矮脚马。他们走过来时，马蹄溅起了亮晶晶的小水花，马辔叮当作响。

"我们听见一阵狗叫和人大喊大叫的声音，""爸爸"说，

"于是爬上了咕咕宫的塔楼。我们猜测可能是史波尼克。"

他扶我爬上马鞍，坐在了他前面。这是我第一次骑马。我们下马时，杰茜看见了我手里的东西——她给史波尼克戴上的那个挂有一个旧铜片的狗领结。

"他去哪儿了？发生了什么事？"

回答这两个问题要从何说起呢？

幸好我当时不必回答。看见爷爷坐在沙丘中的一辆老年代步车残骸上时，杰茜和"爸爸"都吃了一惊。他们也帮我们找到了他的水手储物箱。

我们一起去了斯特拉莫迪，坐在那儿烤火。

身上干了之后，我悄悄地溜进杰茜的房间，把那本《未来的狗》剪贴簿拿了下来，给"爸爸"看了。

他快速翻阅了一遍，然后说道："你们俩真的很想要一只狗，是吗？居然还给狗的守护神圣罗克写了一段祈祷词，请求他赐你们一只狗。"

"结果发现他简直是个垃圾圣灵。"

"我们会认真考虑的。"

两天后，杰茜给"儿童之家"来电，告诉我农场里莫名地出现了一只西班牙猎犬。片刻之后，一个挂着拐杖的胖子从房车营地过来找他。"爸爸"请他喝了一杯茶。那个人发起牢骚，说这一整个夏天里他的狗的行为举止是多么诡异。

过了一会儿"爸爸"说："呃，动物喜欢在各种事情上有自己的发言权……"

"费加罗以前是一只多么快乐的狗啊，可现在他好像很不满。不过，他在这里倒好像很自在。"

"嗯，如果你想要把他留在这里的话，""爸爸"说，"我们真是求之不得。我们很怀念这儿养狗的那些日子。"

爷爷回到了香格里拉，我回到了"儿童之家"。但我经常去看他，他也经常来看我们。甚至有时他还烧了菜，有几次我们还在周末一起去了斯特拉莫迪。

"拜托，"杰茜说，"你得告诉我，现在还保持沉默是不公平的。"

她说的对，可真是说来话长。总的来说，这是我的记忆。

史波尼克说人类没有指南册，所以你无法真正地修复他们。但我记得他的反转炸弹让古代城墙的碎片飞回原位，城墙霎时崭新如初，这一切都历历在目。于是每当爷爷犯糊涂时，我便上演一出反转炸弹的戏码。我会捡起一张便利贴，提示他具体内容所指。他有时能想起来，有时想不起来。

他很喜欢凝视那张邓弗里斯的世界地图。

"记住，这些地方你全都没去过。你得向我保证，有一天你一定会把它们走遍的。"他会说。然后他就会忘了自己在哪儿，忘了我是谁，开始侃侃而谈那些地方，仿佛我们曾经一起去过似的。

"还记得吗？那次我们才离开摩尔曼斯克，就看见了那座冰山，"他会说，"轮船转弯时，我用手电向它扔去，它卡进了冰缝里，从里面照亮了整座冰山，就像圣诞装饰一样。只要电池还没用完，其他船只就更容易避开危险。天哪，它真美。我们都站在甲板上，眺望着它，直到它消失在视野之中。它看起来就像是一轮漂浮在水面上的夕阳。还记得吗？"

"不，"我会说，"但我已经准备好去迎接那些体验了。"

爷爷最喜欢的清单和我的完全没有交集。他最喜欢的就是史波尼克那个红色记事本上的第一页。那个清单里的每一样东西都能令他想起某个故事……

1. 电视遥控器——这是我在香格里拉得到的唯一控制权。谁有遥控器，谁就能控制休息厅。我总能把握住这一特权。

2. 反光外套——在船上我们都得穿这个。当你一个人待在甲板上时，再没有比另一件从黑暗潮湿中向你走来的反光外套更美好的景象了。这意味着你的瞭望时间结束了。

3. 大气层——有时，你在甲板上的同伴只有云彩。你坐在那儿，它们就好像会和你说话。

4. 潮汐——我曾经常常用潮汐来丈量我的一生，普雷兹。涨潮总是开始一场冒险的时候。

5.鸡和鸡蛋——我在俄罗斯的时候，他们给了我一个涂满了红色珐琅的漂亮鸡蛋。那就是他们的复活节传统。真的。不信你可以去查。

6.口琴——好嘞，把它给我，让我吹上一曲。

7.遮瑕膏——这不是一种女性化妆品吗？那种东西你奶奶有好几抽屉。对我来说却是个谜。最大的谜团便是她为什么觉得自己需要用那些东西。她是个多么漂亮可爱的女人啊。你比她可爱一倍。

8.活索结——这是一种结，对吧？一个阻止你四海漂流的结，一个帮助你安然入睡的结。

9.户外的炸鱼和薯条——还记得吗？我们经常走完一大段路后，就会去买一包薯条，一边在车站公园里吃，一边看着太阳从树尖上落下来。你能听见大坝在咆哮。必须在海鸥闻到醋味儿跑过来骚扰我们之前把薯条吃掉。

"可只有九条，"我说，"他应该要找到十条，才能拯救这个星球。"

史波尼克曾经说过"家"会在清单里。我很好奇他为何又改变了主意。也许他还是弄不明白家是什么吧——既不是特拉奎尔花园，也不是斯特拉莫迪，因为我们都已经不住在那儿了。也不是"儿童之家"，因为，那儿只是临时的。但话说回来，这整个星球都是临时的。也许这整个星球便是家。

"我们一起待在哪儿，哪儿就是家。"爷爷说。这让我吃了一惊，因为我什么也没说。他就像史波尼克一样读取了我的思想。"便利贴上写的是什么？"

10.

页尾贴了一张便利贴，上面只有一个数字"10"，再没别的了。

"是空白的，"我说，"什么也没写。真奇怪。他还特别跟我说一定要仔细留意第十条。也许之所以空白，是因为这是某种难以用语言描述的东西吧。"

我嘴里这么说，但心里却在想，也许不只是回忆，也许这空白是为我还没有看见的东西，没有做的事情，没有去到的地方留下的空间，在反转炸弹爆炸，所有的星星都开始倒退之前，史波尼克——我的指南册——飞回了我的家。

"我不这样认为，"爷爷说，"我觉得便利贴本身就是第十条。你需要特别仔细留意的东西。好好想想吧，我所有的日子都在便利贴上。我所有的记忆，所有和你共度的日子。"

（全文完）

作者笔记

　　"史波尼克"是俄语，英语中的意思是"指南册"。它是伟大的空间工程师塞尔吉·科罗廖夫设计的第一颗人造卫星的名字，在 1957 年 10 月，他将这颗卫星送上了地球轨道。"史波尼克一号"是一个光亮的金属球，它一边不断发出轻轻的"哔哔"声，一边围绕着地球不停旋转，就像一个哔哔作响的小月亮。

　　"史波尼克二号"上有了乘客。

　　那是一只名叫库德里亚科夫卡（意思是"卷毛"）的小狗。在一个寒冷的冬日，科学家们发现她徘徊在莫斯科的街道上。他们把她带了回去，喂养她，照顾她，还给她拍摄了视频，训练她完成一些小任务。她学得又快又好。1957 年 11 月 3 日，他们把她的名字改为"莱卡"，把她放进那个光亮的金属球里，发射上了太空。她是历史上最著名的狗，第一个进入地球轨道的生物。所有人都知道她（大家都叫她穆特尼克），所有人都希望和祈祷她能活着回来。

　　可她再也没有回来。

　　但是，一切最优秀的故事都起源于"如果……岂不是太棒了吗"这样的想法，多年来我一直在想：如果有人在天上找到了莱卡会怎么样？

通常，我的很多书都是经过漫长的思考和多年的计划才创作而成的。可是有一天，我正和我女儿行驶在福姆比辅道上时，这个想法忽然蹦进了我的脑袋。在我们等红绿灯的时候，它就这么跳进了车里，就像一只在寻找一个家的迷途小狗。

我把这个想法带回家，和它玩耍，喂养它，它载着我飞跃到了各种意想不到的地方。我不知道史波尼克会带我去什么地方，有时候我醒来时，会大叫道："我在哪儿？"然后，那些一如既往、值得信赖的人组成了一个搜寻队，把我带回地球……我英勇非凡、天资卓越的编辑萨拉·达德曼，三位睿智的批评家——我的孩子埃洛伊兹和泽维尔，我的妻子丹尼丝。我还要感谢维尼夏·戈斯林在还没有详细规划的时候就让我们着手开始写作。另外，当然还有把它跃然于纸上的、才华横溢的插画家史蒂夫·伦顿。

顺便说一句，搭乘引力波旅行的事儿是千真万确的。爱因斯坦在一百年前就告诉过我们了，但还没有人能够确定。直到我写这本书的时候，激光干涉引力波天文台（LIGO）第一次真的探测到了它们。我们住在一个可以冲浪的宇宙里！

关于作者

弗兰克·博伊斯是一位获奖作家，也是一位编剧。他的少儿小说处女作《百万富翁》获得了英国图书馆协会颁发的卡内基奖章。他的作品曾被许多奖项提名，例如《卫报》儿童文学奖、怀特布莱德儿童图书奖、达尔趣味图书奖和蓝彼得图书奖。

作为英国广播公司 2500 字小说竞赛评委的弗兰克，和丹尼·博伊尔一起设计了 2012 年伦敦奥运会开幕式。目前他和家人居住在英国默西赛德郡。

关于绘者

　　史蒂文·伦顿十分热爱绘制插画，他让书中充满了迷人、有趣的人物形象，恰如其分地描绘出了孩子们的想象。除了为弗兰克·科特雷尔·博伊斯的多部获奖作品绘制插图外，他还是屡获殊荣的畅销书《狡猾的麦吉菲和奸诈的山姆》的插图画家。史蒂文还创作了两本绘本：《寻找弗雷德》和《黛西公主、龙和傻子骑士》。并担任即将出版的绘本《101 只斑点狗》的插画师。

　　他在巴斯和伦敦两地居住，和他的小狗霍利一起在工作室工作。

神奇太空狗

产品经理 | 龚　琦　　　装帧设计 | 悠　悠

技术编辑 | 丁占旭　　　责任印制 | 梁拥军　　　出 品 人 | 于　桐

图书在版编目（CIP）数据

神奇太空狗 /（英）弗兰克·科特雷尔·博伊斯著；
（英）史蒂文·伦顿绘；高雪莲译. -- 天津：天津人民
出版社，2019.9

书名原文：Sputnik＇s Guide to Life on Earth

ISBN 978-7-201-14910-3

Ⅰ.①神… Ⅱ.①弗… ②史… ③高… Ⅲ.①儿童故
事–图画故事–英国–现代 Ⅳ.①I561.85

中国版本图书馆CIP数据核字(2019)第148543号

神奇太空狗

SHENQI TAIKONGGOU

出　　版	天津人民出版社
出 版 人	刘　庆
地　　址	天津市和平区西康路35号康岳大厦
邮政编码	300051
邮购电话	022-23332469
网　　址	http://www.tjrmcbs.com
电子信箱	reader@tjrmcbs.com
产品经理	龚　琦
责任编辑	王　琤
特约编辑	康嘉瑄
装帧设计	悠　悠
制版印刷	河北鹏润印刷有限公司
经　　销	新华书店
发　　行	果麦文化传媒股份有限公司
开　　本	880×1230毫米 1/32
印　　张	9
印　　数	1-6,000
字　　数	170千字
版次印次	2019年9月第1版　2019年9月第1次印刷
定　　价	39.80元